三國奇變

戰略篇

卷 1

大浪淘沙

目錄

大浪淘沙

他看看自己的身體，想道：「沒想到我居然來到了東漢末年，在這個戰火不斷，群雄爭霸的年代，我必須要有自己的一番霸業。唐亮已經死了，既然上天給我一次重新來過的機會，那就讓我高飛在這個時代掀起一次浪潮吧！」

西邊的天空中，晚霞像道道血痕緊緊壓著大地，莽莽的荒原漸漸黯淡，在暮色中顯得更加孤寂與淒清，空氣也似乎凝固不動了，只是其中充斥著一股嗆鼻的焦臭與濃重的血腥味。

幾隻剛剛飽食的肥碩烏鴉，繞著一棵已經枯朽的大樹飛了兩圈，落在凋零的枯枝上，用帶著殘餘血跡的利啄，漫不經心地梳理著羽毛，不時打著飽嗝，似乎在嘲笑著這片土地。

這裡沒有炊煙，沒有人聲，只有一座座被搗毀點燃的房屋，只有尚未熄滅的火光與濃煙，還有狼藉遍地的屍體，是人的屍體。

屍橫遍野，堆積如山。

鮮血幾乎浸透了村莊的每一寸土地，形成了一大片令人作嘔的暗紅色泥沼，無數殘缺不全的肢體、碎裂的頭顱橫七豎八地散落在暗紅色的泥沼四周。

夕陽沉入了雲層，天色也漸漸地暗淡了下來，烏鴉拍打著翅膀，盤旋在村莊的上空，形成一個隊列，像是打了一次勝仗一樣，緩緩地向著將要黑暗的天空飛走了。

血色沼澤的邊緣，一個少年從屍體堆裡爬了出來，大字型的躺在那裡，胸口的起伏，代表著他還活著。

在火光的映照下，那個少年的手指微微地動了一下。

濃郁的煙味裡夾著一股血腥，撲面向他襲來，嗆得他輕聲咳嗽了幾聲，讓昏睡中的他漸漸有了意識。

他動了動僵硬酸麻的手臂，試圖撐地而起，卻感到雙臂傳來陣陣猶如針刺般的疼痛，他咧了咧嘴，呲著牙，「啊」的一聲輕叫坐了起來，同時睜開了眼睛。

他環顧了一下四周，看到周圍的一切，臉上立刻現出一陣驚恐，不自覺地問道：「這裡是什麼地方？我怎麼會在這裡？」

低下頭看了看，發現自己半個身子都沾滿了血色，他立刻從地上爬了起來。看到遍地的屍體，他邁著顫巍巍的雙腿不住地後退，臉上的表情僵硬，面部更是一陣抽搐，是害怕。

他注意到地上躺著的人，大多都是頭裹黃巾的人，他還來不及細想自己身在何處，便感覺到腳下的地面微微地顫動起來，緊接著，滾雷般的馬蹄聲由遠而近地傳入他的耳朵。

他回過頭，卻無法在黑暗中看清到底來了多少人，也無法辨認是什麼人，**他唯一的想法就是躲！躲到一邊去。**

恐懼中，他看見不遠處有一道低窪的土溝，便毫不猶豫地跳了過去，將自己的身子蜷縮在土溝下面，露出兩隻驚恐的眼睛，注視著那片馬蹄聲傳來的黑暗。

砰！砰！砰！

他的手放在胸口上，感受著心臟越來越快的跳動，就連呼吸也越來越急促，而那陣滾雷般的馬蹄聲也越來越近。

只片刻功夫，一隊騎兵駛入了他的視線。騎士們頭上戴著鐵盔，身上披著鐵甲，手中舉著長槍，要害部位被包裹在堅硬的鐵甲裡面，頭盔下面露出兩道閃著森寒目光的眼睛，其中一個騎士手中舉著一面大旗，黑暗中，他無法看清旗幟上面的標誌。

「停！」領頭的騎士勒住馬匹，將左手抬了起來，形成一個九十度的直角，大聲喊著。

騎士們停了下來，並列成一排，森寒的目光從頭盔裡掃視著外面的一切。

「下馬四處搜尋，看看有沒有什麼值錢的東西？」領頭的騎士從馬背上跳了下來，朗聲道。

「諾！」

騎士們陸續翻身下馬，拿著長槍，邁著沉重的步子，向前面那片血沼搜索了過去，每走一步，身上就會發出金屬碰撞的脆響。

土溝下面，他默默地注視著這群由二十個人組成的騎兵隊伍，在火光的映照中，他看清了那面大旗，橙紅色的大旗上面繡著一個金色的「漢」字。

「漢？難道我到了漢朝？是西漢還是東漢？」

他的心中充滿了疑問，繼續看去，見那些騎士在屍體堆裡摸索著錢財，暗暗想道：「他們好像是在死人堆裡找錢……那些被殺的人都頭裹黃巾，難道……難道是東漢末年的黃巾起義嗎？那這裡又是什麼地方？那我是誰……」

他低下頭，仔細地看了看手、腳，驚奇地發現這個身體居然不是他的，粗壯的手臂，寬大的手掌，以及這身和那幫漢軍一模一樣的衣服，唯一不同的是，他的身上穿著一件完整無缺的鎧甲，頭上還頂著一個沉重的熟銅頭盔。

「這到底是怎麼一回事？我不是出了車禍，被救護車送到醫院了嗎？**難道……難道我已經死了？那我現在……靈魂附體？**」

腦海中突然閃出死前的記憶，他叫**唐亮**，**一個公司的老闆**，為了業務上的應酬喝了酒，醉醺醺地開著車，在回家的路上，過十字路口的時候，他沒有看見紅燈亮了，就快速地衝了過去，不幸的是，一輛大型卡車在同一時間從側面撞了過來……

月亮撥開厚厚的雲層，慢慢地爬了上來，用它皎潔的光芒普照著大地，大地迅速被籠罩了一層銀灰色，也使得黑暗的夜裡有了微微的亮光。

土溝上面，那群騎士還在屍體堆裡四處搜索著錢財，忙得不亦樂乎。

土溝下面，他轉過身子，背靠著黃土，抬頭看著夜空中高掛的月亮，發出一聲輕微的嘆息。

嘆息聲很低，加上那群騎士每走一步都會發出聲響，將嘆息聲給完全地遮住了。

他垂下眼簾，舉起沾滿血跡的雙手，又掐了一下自己的大腿，感覺到疼痛，不是在做夢；又活動了一下手腳，並沒有感覺到身上有傷，猜不透被自己附體的人到底是怎麼死的。

就在這時，**他的腦海中浮現出一段本不該屬於他的記憶，他記得自己的名字叫高飛，是北中郎將盧植帳下的前軍司馬**，他率四百騎兵前來追擊突圍的黃巾賊兵，不料寡不敵眾，反被賊兵包圍，他拼命的殺啊殺，越殺賊兵越多，越殺身邊的人就越少，終於力竭而死。

兩種記憶，卻擁有著同一個身體，他突然感到頭很痛，兩種格格不入的記憶硬生生地碰撞在一起，一個是公司老闆，有妻兒，有事業，另一個則是率領千軍、征戰沙場的年輕小將……他的思緒很混亂，必須用意志力使這兩種記憶中和。

微風拂面吹來，空氣中還瀰漫著濃濃的血腥味，他靠著背後的土堆，注意到自己正前方的那片樹林，從草叢裡湧出幾頭眼冒綠光，張開血盆大口，露出白森森牙齒，全身毫毛豎起的野狼，正緊緊地盯著他看。

他看見那幾頭狼露著鋒利的爪子，向他快速地奔跑了過來，還發出尖銳的狼嚎。情急之下，他再也顧不得自己到底究竟是唐亮還是高飛，本能地爬上土坡，大聲喊道：

「有狼！狼……狼……救命啊！」

野狼的嚎叫聲驚動了正在搜索屍體的騎士們，他們一轉身，便見一個渾身是血的人沒命地朝他們跑來，身後還跟著受驚的馬匹，以及四頭張牙舞爪的野狼。

「這幫畜生！」

領頭的那個騎士將手中的長槍插在地上，右手從腰上懸掛著的劍鞘裡抽出一把長劍，朝地上吐了口吐沫，向身邊的騎士使了個眼神，其他騎士便紛紛效仿他的動作，抽出腰中的長劍，寒光閃閃的白刃對準了將要前來攻擊的野狼，並且將奔跑過來的高飛和馬匹給遮擋在身後。

野狼猛地撲了過來，騎士們熟練地揮動手中的長劍一陣亂砍，便將幾頭野狼剁成了肉泥。

領頭的騎士退後一步，將長劍插入劍鞘，急忙回轉身子，看了眼跑過來的人，臉上帶著驚喜，抱拳拜道：「大……大人……屬下盧橫，參見大人！」

「參見大人！」其餘騎士也紛紛插劍入鞘，齊聲拜道。

他沒有說話，憑著記憶搜索著眼前這個領頭的騎士。

盧橫見高飛一臉的木訥，表情還有些驚恐，便道：「大人，屬下找尋了整個戰場，都沒有能找尋到大人，還以為大人已經……現在大人逢凶化吉，大難不死，想來是上天的安排。大人，我等奉中郎將盧大人的命令前來掩埋我軍屍體，沒有想到遇到了大人，當真是可喜可賀啊！」

盧橫，幽州上谷人，高飛部下的屯長，同時也是他的親兵。

他記起了眼前的這個人，打量著盧橫，只見他二十六七歲模樣，中等身材，渾身肌肉，異常結實，一雙深陷的眼睛透出智慧與精明，雙鬢長著細密捲曲的鬍子，給他添加了幾分成熟與老練。他的臉龐與身架都像刀削斧砍一樣，輪廓分明，顯示出一種力量與意志，站立在那裡矯健挺拔，真是鐵錚錚的一條漢子。

他打量完了盧橫，笑道：「你死了我都不會死！」

盧橫和另外一些人都哈哈大笑起來。

笑畢，只聽盧橫道：「大人，此地不宜久留，我們還是儘快處理完這些屍體吧！」

他點點頭，隨即吩咐下去，再次看看自己的身體，心中想道：「沒想到我居然來到了東漢末年，**在這個戰火不斷，群雄爭霸的年代，我必須要有自己的一番霸業。**唐亮已經死了，**既然上天給我一次重新來過的機會，那就讓我高飛在這個時代掀起一次浪潮吧！**」

高飛和盧橫他們一起將漢軍屍體找尋出來，在附近挖了一個大坑，將屍體掩埋了下去。之後，他們將黃巾賊的屍體全部堆積在一起，用火焚毀。忙完這一切後，高飛便讓盧橫在前面帶路，隨同他們一起回營。

高飛騎在馬背上，本是初次騎馬的他，卻是如此的熟練，沒有感到一絲的顛簸。他這才想起自己的身世：

高飛，字子羽，涼州隴西人，自幼弓馬嫻熟，十五歲選為羽林郎，黃巾起義之後，十八歲的他因為朝廷缺少下層軍官，便破格提拔羽林郎為各部的軍司馬，他便是北中郎將盧植帳下的前軍司馬，受盧植節制，前往河北討伐黃巾軍，而他所在的位置，則是在廣宗城外。

路上，高飛仔細地回想起了自己的一切，以及和這個時代所有有關聯的一切……

疾速奔跑了十幾里後，盧橫抬手指向前面的一處營寨，歡喜地道：「大人，前面就是咱們的大營了！」

高飛在馬背上向前眺望，但見一座很大的營寨在不遠處的山坡上，寨內燈火通明，旌旗密布，刀槍林立，巡邏的士兵絡繹不絕。他靜靜地跟在盧橫的身後。

守營寨的士兵在火光的映照下看見了高飛等人，急忙打開寨門，放高飛等人進去。高飛小聲對盧橫道：「你們先回去，我去見中郎將大人！」

還沒到中軍主帳，高飛便能遙遙望見大帳內有一老者端坐在正中，手中捧著一本書籍，正在津津有味的閱讀著。

他剛走到大帳門口，守衛在帳外的兩個士兵臉上便現出驚喜的表情，齊聲叫道：「見過高大人！」

大帳中的老者聽到外面的聲音，微微抬起眼皮，定睛看見高飛站在帳外，急忙丟下手中的書本，一臉驚喜地站了起來，叫道：「子羽？你……你還活著？快進帳來！」

高飛見那老者四十多歲，身材偉岸，臉龐瘦削，線條剛直，頦下幾綹清鬚，英武中又有一股儒雅之氣，一雙炯炯有神的眼睛正閃爍著喜悅的光芒，背後的一面大旗上清清楚楚地寫著「中郎將盧」四個大字。

他大踏步地走進大帳，抱拳拜道：「末將高飛，參見大人！」

盧植走到高飛身邊，看到高飛一身黑色的輕便戰袍已被撕得稀爛，污穢不堪，肩頭、胸前血跡模糊，腳上的戰靴也脫落了，光著一雙淌血的大腳，顧不得會沾得一手血污，伸出雙手，在高飛的肩膀重重地拍了一下，道：「回來就好……回來就好……」

高飛能夠覺察出盧植對他的重視，便道：「讓大人如此牽掛，末將之罪也！」

「子羽啊，你是有功之人，本將心裡明白。等平定了黃巾之亂，本將定當保奏你做個一郡太守。既然你安然無恙的回來了，比什麼都好，你也累了一天了，暫且去清洗一下，好好休息，三天後準備隨本將一起攻打廣宗城，定要將那賊首張角一舉擒獲！」

「那……末將告退！」高飛想說不用盧植保奏，他一樣能夠獲得太守之職，**憑藉他超越千年的智慧，他相信自己一定能夠出人頭地，甚至能夠成為一代新的帝王**。但是話到嘴邊，他沒有說出口，沒那個必要。

出了營帳，高飛向營寨的西側走去，沒走多遠，便撞見端著一盆水光著上身的盧橫，便急忙叫道：「盧橫！」

盧橫側過頭，看見高飛回來了，便急忙放下了手中的水盆，抱拳拜道：「參見大人！」

高飛道：「不必客氣。」

盧橫道：「屬下打了一盆水，正準備送給大人清洗身體之用呢。」

高飛笑了笑，道：「那就送進來吧。」

掀開捲簾，進了營帳，高飛看到帳內的擺設十分的簡陋，除了一張簡易搭建的床之外，便是在床邊擺放著的一桿戰槍。

那戰槍從上到下，分成兩種顏色。下半部是幽幽的淡青色，泛著金屬光澤，上半邊卻隱隱泛著暗紅，再也不是原來的顏色，越往上面看，越覺得這槍簡直像一個獨立的生命，似乎散發著一種血腥的氣息，陽光照射下，閃耀著紫色的明光。

那三寸槍尖，因為沾滿了鮮血，居然已經成了紫黑色！

他對那桿戰槍產生了興趣，不由自主地伸手將槍給拎了起來，只覺戰槍入手沉重，大約有三四十斤左右，可是他卻能輕而易舉地拎起這桿戰槍，不得不佩服自己附身的這個身體的強壯。

「這是大人的**遊龍槍**，屬下當時在戰場上只找到了大人的遊龍槍，卻未發現大人的蹤跡，以為大人戰死了，所以才將遊龍槍帶回營中。」盧橫見高飛把玩著遊龍槍，解釋道。

高飛聽後，再次仔細地打量了一下手中的這把遊龍槍，圓柱形的槍桿上，暗暗發著綠光，隱約呈現出螺旋狀，那螺旋狀纏繞整個槍身，猶如盤旋上的一條飛龍，槍頭呈三尖圓錐狀，槍頭的尾部是一排倒刺，與槍身融為一體，頗有龍鬚狀。

「辛苦你了！」高飛將遊龍戰槍插在地上，緩緩地道：「好了，你下去休息吧！」

盧橫彎身拜道：「大人早點休息，屬下告退！」

高飛在盧橫走出去之後，解下自己的衣甲，全身脫了個精光，用清水清洗了下身體，並且將衣甲也都擦拭了一遍，然後躺在床上，閉上眼睛便睡下了。

當夜，高飛做了一個夢，夢見自己率領千軍萬馬馳騁疆場，身後猛將如雲，在自己的指揮下和那些金髮碧眼的羅馬人交戰，並且連戰連捷。

他還夢見自己躺在一張很大的床上，身邊美女如雲，每個美女都各有千秋，對他百依百順……

這一夜，他睡得很沉，等到他醒來的時候，已經是第二天晌午了。

他睜開眼睛，斜眼看見床邊擺放著一套乾淨的衣甲，就連他的那把遊龍槍也被人清洗過了，沒有昨天的那種紫黑色，通身冒著淡淡的青綠色。

穿好衣甲，洗臉的時候，映著水盆中的倒影，他看見自己的容貌：一張俊朗清秀的臉孔，兩道劍眉斜插入鬢，一雙鳳目顧盼生威，鼻樑高挺，薄脣緊閉，黑亮的長髮披散在兩肩，藏青色的長袍看起來十分儒雅，有一種說不出的灑脫，好一位翩翩少年郎。

他快速洗完臉，走出了營帳。

營帳外陽光明媚，秋風微拂，吹動著他長袍的衣擺，顯得很是飄逸。

「大人，你醒了？屬下這就讓人給大人準備點吃的。」

盧橫就在高飛營帳外的草地上坐著，見高飛走出營帳，急忙站了起來，道。

高飛看見自己昨天穿的衣服和戰甲晾曬在不遠處的一個木架上，便問盧橫道：「我這身衣服都是你準備的？」

「大人不滿意嗎？那我再去給大人找一套來！」

「不用了，很滿意。你……你在我的部下擔任何職？」

「屯長！我是大人手下的屯長，也是大人的親兵，專門負責大人的生活起居。大人，你在這裡等候一下，我去給大人弄點吃的來。」

「不用了，我不餓，你跟我在營寨裡隨便走走吧！」

「諾！」

高飛必須先熟悉自己所在的環境，一個前軍司馬到底是多大的官，他不知道，但是他知道，自己在軍中還頗受尊重，因為所有從他身邊經過的人，都畢恭畢敬地叫他一聲高大人，就連盧植也對他信任有加，這是件好事。

高飛漫無目的地走到寨門前，見士兵都對他施禮，便寒暄了幾句。

他停了下來，看見寨門邊上一個高高的望樓，心血來潮的他，便對盧橫道：

「上去看看！」

望樓大約高十米，上面專門駐守著負責瞭望遠方軍情的士兵。

高飛爬上瞭望樓，站在上面俯瞰整個漢軍營寨，確實有「會當凌絕頂，一覽眾山小」的感覺。

他望著遠處一座依稀可見的城池，上面插滿了旗幟，旗幟是黃的，城頭還有人影來回走動。心裡想道：「前面就是廣宗城了，**我要用張角的頭顱來成就我的人生。**」

廣宗城裡，賊首張角和十幾萬黃巾賊被盧植用深溝高壘的辦法圍在城裡，已經一個月了，城內的糧食幾乎吃光了，餓瘋的賊兵開始向外突圍，這十幾天來，高飛所率領的前軍三千將士，每天都在阻止賊兵的突圍，昨天那一仗，是最為激烈的，他力敵黃巾賊中周倉、管亥兩員大將，最後卻因為寡不敵眾而力竭而亡……

高飛記起這些事情，扭臉看見一道鴻溝和一堵高牆。順著那道高牆，他移動到高牆北端，赫然看見一股大約三百人的步騎，正緩緩地向著營寨趕來。

「那是什麼人？」高飛指著那隊沒有打著任何旗幟的兵喝問道。

負責在望樓上執勤的士兵見了，搖搖頭道：「不像是賊兵，也不像是官軍，大人，要不要敲響警報？」

「暫時不用，看他們行軍不慌不忙，似乎不是敵軍，等他們靠近了問個明白。」高飛緊盯著那群人，道：「盧橫，你下去告訴守寨門的士兵，讓弓箭手先準備一番，萬一是敵軍來襲，就予以射殺！」

「諾！」

那群人越走越近，等到離營寨約莫有兩里的地方便停了下來，領頭的三個人騎馬向前，朝著營寨奔馳而來。

高飛盯著那三個人，但見馬背上三人相貌不俗，中間那個方面大耳，白臉青鬚，雙臂甚是修長，穿一身粗布衣服，外面罩著一層薄甲，腰中懸掛著一把長劍。

左邊是一個紅臉長鬚的大漢，手中提著一把大刀，右邊那個人黑臉虯髯，豹頭環眼，手中提著一桿如蛇形的長矛。

「**劉備、關羽、張飛？**」高飛打量完這三個人，心中為之一震，當即從望樓上爬了下來，來到寨門。

「打開寨門，歡迎三位英雄的到來！」

負責守衛寨門的屯長聽了，臉上一驚，問道：「大人認得這些人？」

高飛點點頭道：「是的，我認識，快打開寨門，列隊歡迎！」

寨門洞然大開，馬背上三位騎士面面相覷，停在那裡。

他們見高飛從寨門裡走了出來，中間那個人道：「莫非盧公已經得知我等到來？二弟、三弟，快快下馬！」

「諾！」紅臉大漢和黑臉大漢齊聲答道，並且和中間那白臉漢子一起翻身下馬。

白臉漢子整理了一下衣冠，邁步向前，發現高飛已經離自己不足五十步，急忙彎身拜道：「在下涿郡劉備，聞中郎將盧公於此，特引二弟關羽、三弟張飛，以及三百鄉勇前來助戰！」

聽到對面的白臉漢子自報家門，高飛臉上大喜，果然沒有猜錯，急忙走了過去，抱拳道：「在下乃盧公帳下前軍司馬高飛，特來相迎三位英雄。」

劉備臉上出現一絲驚奇，問道：「原來是高司馬，在下這廂有禮了。只是，我等率部前來，並未先向盧公通報，不知道盧公何以知曉我弟兄要來？」

高飛道：「來者是客，更何況劉英雄又號召了三百鄉勇前來助戰，天下興亡，匹夫有責，何況劉英雄又是漢室貴胄呢！」

「你這小子到底是什麼人，俺們之前並未見過你，你怎麼對俺大哥的底細知道得一清二楚？」張飛瞪大了他的眼睛，伸手抓住高飛胸前的衣襟，大聲喝問道。

「三弟不得無禮，退下！」劉備喝斥道。

「哼！」張飛鬆開高飛，退後了兩步，眼睛卻始終緊緊地盯著高飛。

「高大人，我三弟的脾氣向來如此，還請大人勿怪，原諒我三弟的冒犯！」劉備賠禮道。

高飛呵呵笑道：「不妨事，三位桃園三結義，在幽州又力戰黃巾，擊退了賊軍數萬，此事早已傳遍了大江南北，所以我才知道，還請劉英雄不要見怪！」

「嘿嘿，原來你也聽說了，俺一矛便在那賊首的身上戳了一個窟窿，嚇得其餘賊兵都不敢近前……沒想到這事傳的那麼快，比俺老張跑得還快。高大人要是早說這事，剛才俺老張就不會對你生疑了，多有得罪之處，還請高大人見諒！」

張飛將手中長矛插在地上，抱拳向高飛微微一拜，憨厚地笑道。

高飛道：「不妨事，三位英雄遠道而來，盧公也正在營中，不如就跟隨我一起去見盧公吧。盧公要是得知三位英雄前來相助，必然會十分欣喜。」

劉備欠身道：「備一介布衣，英雄兩字實不敢當，大人只管叫我玄德即可。」

「那好吧！你的年紀比我大，我就叫你一聲玄德兄吧。玄德兄，請引兵入營吧！」

劉備再次欠身道：「大人在此稍候，我等弟兄去將兵而來。」

高飛道：「嗯，我在營寨門口等候玄德兄。」

當下分開，劉備、關羽、張飛轉身而去，騎上馬馳回自己所帶鄉勇停留的位置。

「大哥，沒想到官軍之中還有如此爽快之人，此人堪交！」一直沒有發話的關羽微微地動了動嘴唇，吐出一句話。

張飛嘿嘿笑道：「是啊大哥，俺老張也喜歡這人，比俺見過的有官職的人都爽快多了，而且還沒有當官的架子。」

「二位賢弟說得是，只是這人張口便說出我的身世，而且我等在幽州破黃巾賊一事，知道的人寥寥無幾，就算有人知道，也絕不會那麼快就傳到這裡，此人見我等到來，似乎對我三人頗為熟悉，細細想來，確有頗多不合情理之處……」

張飛撇了撇嘴，大咧咧地道：「大哥就是多心，俺看這個高大人就很不錯嘛！」

「三弟，聽大哥的，進入營寨後，一切都要收斂一點。盧公乃大哥恩師，你千萬不可在盧公面前造次！」關羽看到劉備緊鎖眉頭，忙提醒道。

張飛叫嚷道：「知道了知道了，二哥越來越囉嗦了，進去之後，大不了俺裝聾作啞，總可以了吧？」

關羽道：「作啞可以，裝聾就不可，須仔細聆聽盧公教誨！」

「知道啦。」張飛不耐煩地道：「大哥，你看高大人已經在寨門邊等候了，咱們趕緊過去吧！」

劉備點點頭，將手朝前面一招，喝道：「全軍隨我入營！」

進了大營，高飛讓盧橫帶著那三百鄉勇去暫時歇息，他則帶著劉備、關羽、張飛三人徑直朝中軍主帳而去。

到了中軍主帳，高飛對劉備、關羽、張飛道：「三位在此稍等，容我進去稟報一聲。」

劉備、關羽、張飛一起向高飛抱拳道：「有勞了！」

高飛大踏步地進了營帳，見盧植正在看著地圖，他還沒有開口，便聽盧植搶先道：「子羽啊，你來得正好，左軍司馬已經戰死了，其部下一千騎兵暫時由本將統領，如今你的部下所剩無幾，本將想讓你統領這支騎兵，你可願意？」

高飛抱拳道：「多謝大人厚愛，末將感激不盡！大人，帳外來了三位好漢，為首者叫劉備，說是大人學生，並且帶來了三百鄉勇，欲助我軍迎戰賊兵……」

「玄德？他在帳外？快讓他進來！」盧植臉上露出吃驚的樣子，未等高飛說完，便打斷了高飛的話。

高飛「諾」了聲，走出大帳，向劉備、關羽、張飛三個人拜道：「三位，盧公要見你們，請隨我來！」

劉備、關羽、張飛三人隨高飛進了大帳。

「參見大人！」

盧植看到劉備時，表情並沒有顯得十分欣喜，反而十分平淡，道：「玄德，你怎麼來了？」

「學生一聽說大人與賊首張角相距於廣宗，便急忙從幽州趕來，雖然所帶鄉勇才三百人，但希望能夠替大人出一份力。」

盧植笑了笑，看了眼劉備身後的關羽和張飛，道：「這兩位壯士是？」

劉備道：「大人，這兩位是學生的結義兄弟，二弟關羽，字雲長。三弟張飛，字翼德。關羽、張飛都有萬夫不當之勇，特前來為盧公效力。二弟、三弟，還不快拜見盧公！」

關羽、張飛兩人當即躬身拜道：「拜見盧公！」

盧植呵呵地笑了兩聲，將高飛拉了過來，歡喜地道：「兩位壯士免禮，這位是本將的前軍司馬高飛高子羽，是本將軍帳中不可多得一員大將，衝鋒陷陣，馳騁沙場，也可以說是萬夫莫敵啊！」

劉備三人聽後，都用一種異樣的目光打量著高飛，心中均想：「原來此人在盧公心中如此重要。」

高飛聽盧植如此說他，臉上一囧，不知道該如何回答。除了知道自己是個頗有勇力的小將之外，至於是不是能和關羽、張飛相提並論，還得互相切磋了才知道。

「玄德，本將已經將賊軍盡數圍在廣宗，再過兩天就要對廣宗發起進攻了。如今我軍人才濟濟，並無閒職，像你這樣的人才，留在我這裡只怕有點委屈了。如今中郎將皇甫嵩正與賊軍戰於潁川，手下缺少精兵良將，我資助你一千官軍，你去潁川建立功勳吧！」

高飛一聽這話，心中一驚，印象中，盧植是劉備的老師，按理說兩人的交情匪淺，可是盧植話語中分明是逐客之意。

他見劉備面無表情，關羽、張飛二人微微現出怒色，當即轉圜道：「大人，劉備、關羽、張飛都是當世之英雄，如果此次攻打廣宗能得到他們三人相助，必然能夠事半功倍，還請大人三思啊！」

張飛怒火中燒，叫道：「哼！你這個老頭好不解風情，俺大哥帶著俺們遠道而來，你不留下俺們也就算了，還把俺們往外趕……」

「三弟住口，不得對盧公無禮！」劉備急忙擋在張飛的身前，大聲呵斥道。

「哪裡來的野漢子，居然敢在這裡撒野？劉備，你就是這樣教導令弟的嗎？」盧植「啪」地一聲，拍響面前的桌案，喝問道。

「大人息怒，我三弟翼德脾氣火爆，冒犯了大人。我教導無方，還請大人責罰。」劉備趕忙說道。

高飛見狀，也抱拳道：「大人，念在這位張翼德是個白身，不懂得軍中規矩，還請大人法外開恩。」

「三弟，快向盧公賠禮！」關羽拉了一下張飛的衣角，小聲道：「別讓大哥為難，快點！」

張飛沒好氣地做樣子道：「俺冒犯大人，此事與俺大哥、二哥沒有任何關係，大人要責罰的話，就請責罰俺吧。」

「大人，念在他們率領鄉勇前來助戰，也是一番好意，如果大人因為一句話而責罰這位張翼德，日後傳了出去，對大人名聲大有損傷。如今末將部下大多戰死，正缺少像劉、關、張這樣的人，不如大人就留下他們三人，助末將一臂之力。」高飛建言道。

盧植想了想，覺得高飛的話有理，便道：「那就依你的意思，暫時編入到你的部下，由你負責統領，兩日後大軍攻城。」

「末將遵命！」高飛抱拳道。

「多謝大人成全！」劉備拉著關羽、張飛，三人一起抱拳謝道。

盧植擺擺手：「好了，你們先下去吧，本將還有許多公務要處理。」

「諾！末將告退！」高飛緩緩地退出了營帳。

「我等告退！」劉、關、張三人齊聲答道。

四個人出了營帳，高飛便道：「三位，眼看就要到午時了，不如由我做東，請三位哥哥喝酒如何？」

張飛正在氣頭上，一聽到喝酒，兩隻眼裡立刻冒出了綠光，搓了搓手，歡喜地道：「好！俺老張已經好多天沒有喝酒了，既然高大人想請，那俺老張就恭敬不如從命了。」

高飛見劉備面無表情，問道：「玄德兄不一起來嗎？」

張飛一把摟住劉備，笑道：「去，怎麼不去，有人請吃酒，我們兄弟當然要一起去！」

劉備微微點了點頭，欠身道：「高大人盛情邀請，備怎好推辭？」

「請跟我來！」高飛笑道。

關羽見高飛拉著劉備的手走了，便也跟了過去。

四人回到高飛所住的營帳，高飛喚來盧橫，得知他已經將劉備帶來的三百鄉勇安置妥當，便道：「去弄些酒肉來，我要和三位好漢好好喝上一番。」

盧橫領命而去。

「剛才的事，謝謝高大人了。」劉備欠身道。

高飛淡然道：「舉手之勞而已，何足掛齒，只是盧公似乎對玄德兄頗有意見，是不是你們之間有何嫌隙？」

劉備嘆了口氣道：「哎！說來話長。」

高飛道：「那就長話短說。」

劉備道：「我早年曾求學於盧公，但是我生性駑鈍，加上年少貪玩，致使學業荒廢，並且影響到其他人，盧公一氣之下，便將我趕了回去。從此我在盧公心中，不過是個成不了大事的廢人而已……」

「這倒未必，如今黃巾賊起，正是男兒建功立業的好機會，既然你已經留在軍中，只要平定了黃巾賊，必然會得到一官半職。玄德兄不必懊惱，以後你們跟著我，我絕對不會虧待三位的。」高飛誠摯地道。

此話一出，劉備三人面面相覷，良久沒有出聲。

「高大人言重了，我兄弟三人俱皆白身，然而天下興亡，匹夫有責，我等組建鄉勇，討伐叛逆，只是為了上順朝廷，下安黎民，別無其他意圖。」劉備看著高飛期待的目光，急忙道。

高飛聽出了劉備的話外之音，是不想為其所用。想想也是，劉備何許人也，**三國之一蜀漢的開國皇帝，如果沒有雄心壯志，又怎麼能開創蜀漢霸業?!**

這時，盧橫端上來酒肉。高飛對盧橫道：「好生安頓那些鄉勇，我與三位好漢在此喝酒，不許任何人打擾。」

「是，大人，屬下這就去辦。」盧橫欠身道。

第二章 雙飛對決

張飛露出整齊的牙齒，道：「你的名字裡有個飛，俺的名字裡也有個飛，今天雙飛對決，俺倒要看看，到底是高飛厲害，還是俺張飛厲害！賢弟，你且出招吧，俺老張雖然是個粗人，但是心中自有分寸，不會誤傷你的。」

高飛與劉備、關羽、張飛三人對圓而坐，高飛分別給關羽、張飛倒了酒，然後舉起酒碗，朗聲道：「三位好漢，我剛才只是隨口一說，以玄德兄之雄心壯志，必然不會屈尊在高某之下，權當是一句戲言吧。茫茫人海中，我們能在此相聚，也是一種緣分。來，為了這種緣分，我們滿飲此杯！」

張飛感覺到氣氛微僵，看著比他手掌還小的酒碗，嘟囔道：「高大人也太小氣，給俺用這麼小的酒碗，是怕俺喝窮了大人嗎？」

「三弟！」劉備聽張飛的毛病又犯了，輕喝了一聲。

張飛道：「大哥，高大人又不是外人，何必講那麼多繁文縟節？高大人，俺的酒量大，用罈子喝，你沒意見吧？」

「哈哈哈，翼德兄海量，請隨便喝，自家兄弟不必拘禮，翼德兄能喝多少，小弟這裡就管你多少。」

張飛嘿嘿地抱起身邊的一罈酒，咕嘟咕嘟地喝了三大口，道：「這官軍的酒也不怎麼好喝嘛，俺感覺還不如俺老張自己釀的酒呢！二哥，你嘗嘗，看看是不是還不如俺釀的酒？」

關羽比張飛顯得沉穩得多，見張飛那樣子，無奈地搖搖頭，舉起面前的酒碗，與高飛碰了一下，朗聲道：「高大人，我三弟性子直爽，人就是這個脾氣，要是有冒犯之處，還請大人見諒。」

高飛臉上露出不喜，將手中酒碗放在一邊，道：「雲長兄莫非是看不起在下，不願意和在下稱兄道弟？」

關羽尷尬地道：「這……高大人別誤會，關某絕非此意……」

「既然不是這個意思，那就請雲長兄以後別再說見外的話了，我高飛能結識三位好漢，已經是三生有幸。我以心相交，難道雲長兄還對在下有所疑慮嗎？」

劉備急忙辯解道：「這個……大人請不要誤會，我二弟絕無此意，只是大人始終是大人……」

「這裡沒有外人，小弟還請三位兄長不要拘禮，以後當著眾人的面，我是你們的大人，可是私下裡，三位兄長就不要叫我什麼大人了，要不顯得太過見外了。」

張飛點點頭，對劉備、關羽道：「二位哥哥，高大人既然不介意，咱們又何必在意呢？是兄弟，那就大塊吃肉，大碗喝酒，高大人……不，高賢弟，來，俺與你喝一個！」

關羽索性也放開了懷，舉杯道：「三弟，高賢弟，來，哥哥與你們一起滿飲此杯！」

劉備也舉起了手中的酒杯，笑道：「來，大家兄弟，一起舉杯！」

高飛歡喜地道：「三位兄長，乾杯！」

三人在營帳中喝了許久，張飛喝得最多，連續喝了三罈酒，關羽喝了兩罈半，劉備喝了一罈，高飛只喝了三碗，雖然酒量小，但是劉備三人都沒有介意，開懷暢飲，直到喝得醉醺醺地倒在高飛的營帳裡。

高飛看到醉倒在帳裡的劉備、關羽、張飛，自言自語地道：「**如果我能將這三位英雄收為己用，也許歷史的進程就會被改寫，三國的局面或許就不會出現了**，千軍易得，一將難求……」

「大人，左營一千騎兵奉命前來歸大人調遣！」盧橫在帳外朗聲道。

「來得好快啊！」高飛站起身子，拉開捲簾，走出營帳，對盧橫道：「走，帶我去看看！」

盧橫帶高飛來到營寨中一處空曠的校場上，一千騎兵全部集結在那裡，等候高飛的調遣。

高飛有史以來第一次指揮這麼多人，突然給你一千人，讓你去打仗，任誰都會覺得生疏。好在高飛平時愛玩線上遊戲，常翻閱軍史類的書籍，關於行軍布陣、攻城掠地略懂一二。

一千人雖然不多，可是當你真正站在點將臺上俯瞰著那一千人的時候，就會發現眼皮下面都是密密麻麻的，不身臨其境，恐怕無法體會到那種壯觀。

高飛叫來軍中的長官，大致混了個臉熟，然後就讓他們各自操練，他則坐在點將臺上觀看，儘量讓自己多熟悉騎兵的運作。不知不覺已是黃昏，他想起了酒醉的劉備、關羽、張飛，當即便解散部眾，邁步朝自己的營地走去。

高飛回到營帳，三人已經不在那裡，大概是睡醒之後走了。

「盧橫，你可知道今天來的劉備住在哪裡？」

盧橫指指前面不遠的營帳，道：「大人將他們編入了前軍，他們自然就住在前軍的軍營裡了。」

「嗯，知道了。你也累了一天，去休息吧，我去劉備的營帳中走一趟。」高飛話音落下，便走到劉備的營帳邊，喊道：「請問玄德兄在嗎？」

張飛從帳篷裡探出頭來，見是高飛，歡喜道：「高賢弟，是你啊，快進來吧！」

高飛進了帳篷，劉備、關羽連忙拜道：「見過大人！」

「二位兄長不必多禮，這裡沒有外人，就不要拘束了，大家以兄弟相稱便是。」

劉備也不客氣，伸手示意道：「高賢弟請坐！」

四人坐了下來，高飛道：「三位兄長，如今你們的鄉勇編入我的前軍裡。我正是來和三位兄長商量一下隊伍的事。」

劉備道：「高賢弟是前軍司馬，賢弟需要讓我們兄弟怎麼做儘管說，只要是為國盡忠的事，我等三人在所不辭。」

「按照漢軍編制，每屯一百人，可以設三個屯，然而這些鄉勇並非是經過正規訓練的官軍，我注意到他們似乎戰甲、武器都不齊全。不過，這並不妨礙三位哥哥帶領軍隊。兩日後就要攻打廣宗了，我是這樣打算的，三百鄉勇留守營寨，三位兄長則分別統領前軍中的騎兵隊伍，不知道三位兄長有何意見？」高飛道。

「太好了，終於他奶奶的能帶領官軍作戰了！」張飛一臉喜悅的叫道。

「一切全聽大人吩咐！」劉備、關羽互相看了一眼，道。

高飛哈哈笑道：「太好了，我前軍中有一千騎兵，可以將其分成十個屯，三位兄長一人統領兩個屯。三位兄長，我只是一個前軍司馬，手下能給的官職有限，就暫且讓三位兄長擔任軍侯一職，不知道三位兄長意下如何？」

「什麼官職不官職的，只要能夠上陣殺敵，管他娘的什麼官職，俺老張就圖殺個痛快！」張飛大咧咧地道。

「高賢弟的苦衷我等明白，今天要不是高賢弟在盧公面前竭力維護，我等兄弟也決計不會留下來，我兄弟三人能加入高賢弟的隊伍之中榮幸之至，更何況盧公對高賢弟如此推崇，想必高賢弟必有過人之武藝，我等能在高賢弟手下做事，也是一種福分。」劉備拱手道。

高飛道：「這些都是盧大人虛誇，與三位哥哥比起來，小弟還差得遠呢。」

「瞎說！沒有比過，你怎麼知道不如俺？高賢弟，俺看你也是條漢子，不如咱們比試比試武藝如何？」張飛道。

高飛想了想，答應了下來，道：「好啊，能和翼德兄一較高下，也是小弟的福分。只是，小弟怕武藝稀鬆，接不了翼德兄的一招半式……」

「你放心，和賢弟比武，俺的手下會有分寸的。賢弟，咱們說幹就幹，現在就比試吧？」張飛站了起來，大踏步地走出帳外，並且將高飛也一併拉了出去。

劉備起身叫道：「三弟……」

「大哥，三弟粗中有細，做事自有分寸，不會出什麼岔子，更何況高賢弟也是鐵骨錚錚的漢子，相信武藝不會差到哪裡去，而且，關某也想見識見識盧公帳下的第一猛將！」關羽拉住了劉備。

劉備眼睛骨碌一轉，微微點點頭，沒有再說話，和關羽一起走出了營帳。

營帳外，張飛手中持丈八蛇矛，威風凜凜地站在那裡，衝高飛喊道：「高賢弟，你用何兵器？」

高飛道：「翼德兄，你在此稍微等候一下，我去營帳中取兵器來！」

不待張飛回答，便返回營帳，將自己的遊龍槍取了出來，然後來到張飛的面前，抱拳道：「翼德兄，還請手下留情！」

張飛嘿嘿一笑，露出整齊的牙齒，道：「你的名字裡有個飛，俺的名字裡也有個飛，今天**雙飛對決，俺倒要看看，到底是高飛厲害，還是俺張飛厲害**！賢弟，你且出招吧，俺老張雖然是個粗人，但是心中自有分寸，不會誤傷你的。」

高飛之所以決定和張飛比試一番，無非是想試一試自己的武力到底有多強，看看自己是不是盧植口中說的那樣萬夫莫敵。他聽到張飛的叫聲後，雙手握住遊龍槍，腦子裡卻是一片空白，不知道該如何出手，竟然一時愣在了那裡。

「賢弟你發什麼呆啊？你倒是出招啊？你要是不出招，俺老張可就先出招了！」張飛見高飛愣在那裡一動不動，他手中癢，心中更是癢，吼道。

高飛窘迫道：「翼德兄，那就請你先出招吧！」

「好咧！」張飛雙手舞動自己的丈八蛇矛，但見那蛇矛風馳電掣般地向高飛刺來，矛頭抖動，猶如長蛇吐信，帶動周圍空氣呼呼作響。

「好快！」高飛見張飛出手便是不凡，心中暗叫一聲，眼睛緊緊盯著張飛的蛇矛，待張飛的蛇矛即將貼近身體的時候，本能地舉起了手中的遊龍槍，架住張飛的蛇矛。

「錚！」

一聲結實的兵器碰撞聲在高飛耳朵邊響起，他的雙手被遊龍槍傳來的力度震得微微發麻，嗡嗡的轟鳴還在空氣中打著轉，便見張飛的蛇矛突然抽了過去。

張飛見高飛擋住他的一矛疾刺，眉頭一皺，將蛇矛反轉，蛇矛柄端順勢橫掃過去，與剛才的那一下疾刺連貫起來。

「錚！錚！錚！」

高飛見張飛的蛇矛一氣呵成，施展出一連串的招式，他除了去用長槍擋住外，絲毫沒有反攻的機會，更何況他也不知道自己該如何反攻。

場中二人鬥得興起，場外劉備、關羽也看得真切，當兩人看到高飛一連擋住張飛的四招之後，心中油然生出一絲敬佩。因為只有他們兩人最清楚，從張飛打造丈八蛇矛以來，能在他的連續攻擊下接住四招的，寥寥無幾。

「賢弟好樣的！」張飛哈哈大笑起來，同時第五招也從手中刺出。

高飛眼明手快，身體反應靈敏，卻被張飛逼得連連後退，好不狼狽。

又是三招過了，連續八招下來，他只覺得張飛力道頗大，每擋他一次攻擊，震得自己的雙手就生疼一次。

張飛和高飛的打鬥迅速引來許多圍觀者，漢軍的士兵和劉備的鄉勇將他們圍成一個圈，看得目瞪口呆。

盧橫聽聞高飛和張飛打了起來，也急忙跑了過來，從人群中擠到最前面，見高飛正被張飛逼得很緊，似乎就連防守也十分狼狽，情急之下，扯開嗓門喊道：「大人，快用遊龍槍法啊！」

高飛聽到盧橫的大喊，心想：我哪裡會什麼遊龍槍法啊，我能擋住張飛這些攻勢，已經是僥倖不已了，哪裡還有餘地去反擊?!

越朝後打，他越發感到吃力，感覺張飛的力道一招大過一招。

又是幾招過去，只聽「錚」的一聲響，張飛的蛇矛當空壓在高飛舉過頭頂的遊龍槍上。只見高飛腳下一軟，撲通一聲跪在地上，雙臂還舉著遊龍槍，橫擋著張飛的丈八蛇矛。

盧橫從未見高飛如此狼狽過，見高飛使不出遊龍槍法，靈機一動，喊道：

「大人，快用**寒殺神飛**！」

高飛吃力舉著手中的遊龍槍，聽到盧橫的喊聲，腦子裡一片空白。

「**地殘魂獄**……**奪命神屠**……**幻影三變**……」

盧橫接連喊著招式的名字，期待高飛能改變被動的局面，可是無論怎麼喊叫，都看不到高飛有絲毫的動作。

「呵呵，賢弟承讓了！」張飛笑道：「你還是俺頭一次見到接俺十幾招的人呢！俺……」

「大人，**怒濤穿石**！」盧橫再一次衝高飛喊道。

就在這電光石火的一瞬間，高飛腦海中突然浮現出一幅幅的畫面，快速地從腦子裡閃過。

他記起了所有招式，一聲低吼，手上的遊龍槍轉了起來，直接插在地上，雙手離槍，身子同時閃到一邊，讓張飛的蛇矛順勢砸在了地上。

他剛一站起身子來，手便急忙抓住遊龍槍，槍尾凌空橫掃，直接刺向張飛。

張飛吃了一驚，好在他反應迅速，將蛇矛橫在腰間，擋住了高飛的那一刺，卻被高飛將他逼開了半丈遠。

「怒濤穿石！哈哈，大人終於記起來了！」盧橫開心地手舞足蹈起來。

高飛逼開張飛後，緊接著便是一氣呵成的槍法，前後連貫相接，猶如渾然天成，和張飛一口氣對戰了十幾招。

高飛的突然發威讓劉備、關羽、張飛三個人都始料不及，形勢也出現了逆轉，本來顯得枯乏無味又毫無懸念的戰鬥就此發生了變化。

「此人槍法如此縝密，雖然和三弟暫時未分出勝負，但也是個用槍好手，難怪盧公對他如此推崇！」劉備心裡暗道。

關羽的丹鳳眼微微張大了縫隙，看著高飛和張飛的戰鬥，對劉備道：「大哥，高賢弟如果和三弟如此對戰下去，只怕七八十招內分不出勝負來。看來，高賢弟果然是一員猛將。」

場中張飛對於高飛的反攻並不太在意，因為從一開始他就手下留情，在力道上多有減弱，見高飛能夠連續接住他的蛇矛之後，便一點一點的加大了力度，此時高飛展開反攻，他反而嘴角露出一抹笑容，衝高飛喊道：「哈哈，高賢弟，這才是真正的對決！」

高飛也沒有想到自己會有如此功夫，但是他知道張飛是個萬人敵，初衷只不過是想試試自己的武力而已，但是現在這個樣子，他已是騎虎難下了，就算他想退，張飛這個好鬥的狂人也絕對不會讓他就此罷手。

「高賢弟，俺難得遇到上一個像樣的對手，今日不鬥上百餘招，你休想就此罷手。哈哈，哈哈哈！」

果然不出高飛的預料，他苦笑一聲道：「翼德兄，我看今日就且罷手吧，來日方長，不如明日再行比試，如何？」

「不行！你要是敢擅自退出，俺要在你身上刺幾個窟窿出來！」

高飛不再說話，專心迎敵，他倒要看看，**自己究竟能和張飛鬥多久！**

二人你攻我守，激戰良久，直到夕陽遠去，還能聽見士兵的陣陣助喊聲。一番龍爭虎鬥引來了越來越多圍觀的人，都被這場大戰所吸引，不願離去。

後來還是劉備喊張飛停了下來，二人這才就此罷手。但是鬥了五十多招，始終未能分出勝負來。劉備、關羽、張飛三人對高飛另眼相看，當夜四人便在一起暢飲一番，增加了不少友情。

當夜回到營帳，高飛叫來盧橫，道：「今日多虧你了，如果不是你的提醒，我就很狼狽了。」

盧橫道：「大人對屬下恩重如山，還教會屬下一些槍法，屬下見大人被逼迫得無法還手，情急之下才喊出來的。更何況，屬下也不想大人輸給那個黑漢

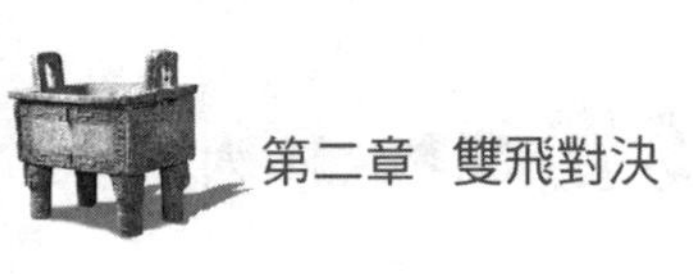

子……」

「呵呵，你是個不錯的親兵，以後我不會虧待你的。」高飛拍了拍盧橫的肩膀。

盧橫道：「屬下當不辜負大人的一番厚愛。」

「好了，夜深了，你回去吧。我和劉備、關羽、張飛說好了，明日在校場舉行一次軍演，早點睡。」

第二天，高飛、劉備、關羽、張飛四人一同來到校場，高飛任命劉、關、張三人為軍侯，讓他們各統領二百騎兵，他自己則統領四百騎兵，將部隊拉到營寨外進行演練。

盧植則準備雲梯、井闌等攻城器械，期待著明日的攻城……

清晨，第一縷的陽光穿透雲層，將溫暖帶給大地。

漢軍大營外的空地上早已是刀槍林立，五萬漢軍黑壓壓地站在那裡，順著山坡一路綿延下去，軍容整齊，氣勢恢宏，蓄勢待發。

盧植穿盔戴甲，騎在一匹白色的駿馬上，在山坡上的一個制高點上，目視著前方不遠的城池，扯開嗓門，大聲喊道：

「全軍出發！」

隨著盧植的一聲令下，大軍緩緩開動。

作為前軍司馬的高飛，帶著一千騎兵呼嘯越過用木板架起的鴻溝，向五里外的廣宗城奔馳而去。

山坡上旗幡招展，人聲如潮，戈矛成林，刀劍如海，五萬大軍徐徐而進。盧植周圍的騎兵更是身披重甲，個個身材魁梧，孔武有力，臉上滿是一副不可一世的氣概。

一隊隊步卒束髮裹腿，挾弓挎箭，手執矛戈簇擁在盧植的前後，只前行十幾步，便將地上的灰塵捲起。塵埃與汗水把步卒的臉弄得污穢不堪，粗布製成的橙紅色軍服印出一片片白花花的鹽漬，但他們仍然齊整地行進著，顯示出一種訓練有素的軍事素質。

戰馬嘶鳴，一隊隊輕騎兵不斷超越身邊的步卒，向前趕去。他們身披鎧甲，精神抖擻，策馬小跑，在擁擠的山坡上拉開長長的隊列。

轔轔的騾馬大車拉著一架架高大的拋石機，一台台巨型弩床，一輛輛笨重的攻城車，艱難地從山坡上走下來，鞭哨聲、吆喝聲不絕於耳，無論是馭手還是牲口都大汗淋漓，試圖控制著下坡的速度。

高飛看到如此雄壯的漢軍，心中不禁慨然道：「黃巾起義只不過是一次農民起義，雖然聲勢浩大，但是面對訓練有素、裝備精良的官軍，還是處於下風。在朝廷還沒有到腐朽不化的時候，公然反叛必然會被鎮壓下去，我絕對不能步黃巾起義的後塵，要先有地盤，慢慢發展，等有了實力才能角逐天下。」

騎兵隊伍很快便奔馳到廣宗城下，高飛將部隊停在離城一千米的位置，看著城頭上那些頭裹黃巾、手持各種兵刃的漢子，想想他們即將面臨的滅頂之災，心中難免生出一絲憐憫。

「反賊！快快出城受死！」張飛一馬當先，將手中蛇矛向城上一招，大吼道。

廣宗城門洞然打開，從門洞裡馳出了幾十匹馬以及數百步卒。領頭一人面黑如炭，雙目炯炯有神，留著一臉絡腮鬍子，身材魁梧健壯，手中握著一把長約半丈的眉間刀，在人群的簇擁下當先馳出。

「哈哈，俺一直以為俺的臉是天下第一黑，今天見了這人，才知道還有比俺還黑的。真沒有想到，黃巾賊還有如此膽量，居然還敢出戰？」張飛冷笑一聲，叫道：「俺乃燕人張翼德，來者何人，報上名來，俺矛下不殺無名小卒！」

對面那個魁梧的黑漢子當即朗聲道：「我乃地公將軍帳下周倉是也！」

「**周倉？給關羽扛大刀的周倉？**」

高飛聽到對面的漢子自報姓名，心中一驚，不由自主地扭過頭顱，看了眼身邊的關羽，但見關羽目光中閃出一道異樣的光芒，頗有睥睨天下的意思，似乎對此人根本不屑一顧。

「周倉？沒聽過！俺看你雖然身材魁梧，但絕非俺的對手，俺姑且饒你一命，快快回去，叫那賊首張角出來，引頸就戮！」張飛舞動了一下手中的丈八蛇矛，不可一世地道。

「哼！少廢話，是不是你的對手，打過了才知道！」周倉掄起大刀，拍馬飛出，直取張飛。

「呵呵，來了個不怕死的，看俺不在你的身上捅幾個窟窿……」

張飛的話還沒有說完，便見高飛策馬而出，臉上一愣，抗議道：「高賢弟，你怎麼搶俺的功勞？」

高飛呵呵笑道：「翼德兄，此等無名小卒，怕髒了你的蛇矛，就交給我吧！」

「三弟回來！」

張飛心中不爽，欲拍馬而出，卻聽劉備在後面叫了聲，扭頭看劉備搖了搖頭，只好耐住性子策馬回到本陣，臉上氣得一陣通紅。

「在下高飛，前來討教閣下！」

高飛昨日和張飛比試過，自己能和張飛比試幾十招都不分勝負，想來自己的武力確實不弱。再者，他知道周倉也是個猛漢，要是死在張飛的矛下，確實不值，就算不至於戰死，日後也會死心塌地的跟著關羽，與其便宜了關羽，不如將他生擒過來，收為己用。

周倉先是驚愕了一下，定睛看到面前拍馬而來的人是高飛時，驚呼道：「果真是你？原來你沒死？」

聽周倉口氣，高飛似乎能明白一二，既然他是盧植帳下的猛將，盧植和黃巾賊對峙又有一段時間了，他的名字自然會被黃巾軍所知道。

他冷笑一聲，道：「正在高某！」

話音落下，周倉和高飛兩馬相交，刀槍並舉，只聽見錚的一聲響，兩人的一回合對戰便轉瞬即逝。

高飛勒住馬匹，調轉了馬頭，心中有點迷糊，暗道：「媽的，在馬背上打仗還真有點吃力，一點也不比在地上來得爽快。」

「高賢弟！三個回合結果了他，你還有兩個回合，如果結果不了他，俺可就要上了！」張飛在陣中大咧咧地叫道。

「原來兩馬相交一次，就算作一個回合啊。」高飛心中暗道。

馬戰不同於步戰，馬戰論回合算，步戰論招算。一個回合，是指兩個人各自策馬相交，在武器能夠達到的攻擊範圍內開始攻擊對方。

當然，這個時候馬是不可能停下來的，沒有哪個傻瓜會在攻擊範圍達到的時候先勒馬，如果那樣的話，早就被人一槍刺穿了。所以，在兩馬交錯的時間裡，迅速地攻擊對方，根據速度和攻擊角度的不同，可能是一招，也可能是連續數招，等到兩馬各自分開距離比較遠的時候再勒馬回頭，才算是一個回合的較量。

高飛看著遠處的周倉，腦海中回想剛才周倉出刀的方位和角度，當即大喝一聲，策馬飛奔而出，準備與周倉再戰一個回合。

周倉也毫不示弱，他知道高飛是漢軍中的一員猛將，前日他率部突圍，卻遇到了高飛追擊，情急之下，周倉率部反戈，數千賊軍頓時將高飛圍在中心，使高飛力竭而亡。

後來官軍的援兵到了，他見形勢不妙，便返回廣宗。本以為高飛就此死亡，哪知今日再次見到他，以至於被張角責備他欺詐哄騙，一氣之下，這才重新出城迎戰。

「今日不是你死，就是我亡！」周倉吼著，手中眉間刀已經掄起，在與高飛相交的時候，一刀狠狠地劈了下去。

高飛抖動著手中遊龍槍，一槍迎面刺出。周倉大吃一驚，哪裡料到高飛會豁出性命不要，使出這同歸於盡的招式，但是手中眉間刀已經劈了下去，力道絕然無法收回，他仰面朝天，身體向後躲閃，同時使出渾身力氣，愣是將手中的眉間刀給提了起來，總算擋住高飛的那一槍。

哪知高飛手中長槍突然變招，長槍尾部橫掃而出，一記重擊，將周倉從馬背上揮打下來，同時急忙勒住了馬匹，座下馬匹一聲嘶鳴，兩隻前蹄高高抬起，待落地時，高飛手中的遊龍槍已經頂在周倉的喉頭上。

周倉臉上一寒，萬萬沒有想到自己會被高飛不經意的一招生擒，閉上雙眼，將頭一仰，喝道：「你殺了我吧！」

高飛嘴角露出一抹淡淡的笑容，朝盧橫喊道：「綁了！」

盧橫急忙翻身下馬，帶著兩名騎兵拿著繩索走了過去，用很快的速度將周倉綁了起來，然後押回本陣。

劉備、關羽、張飛看見這一幕，都滿意地點了點頭，可是三個人心中的想法**卻是各不相同。關羽、張飛二人是心生佩服，劉備心中則是另外一種打算，他想，如果能將高飛也收成自己的義弟，那該有多好。**

廣宗城下的黃巾賊見周倉被擒，高飛威風凜凜地騎在馬背上，都心生懼意，一股腦地全部跑回城裡，將城門緊閉，不敢再出來。

城樓上，一個身穿道袍的漢子，看著城下那一千騎兵的後面煙塵滾滾，橙紅色的大軍一步一步的圍了過來，大聲喊道：「全城戒備！」

高飛見城牆上那些頭上裹著黃巾的人紛紛拉滿了手中的弓箭對準城下，一片肅殺的景象。他撥馬回陣，令道：「全軍下馬，原地休息，等待攻城部隊的到達！」

七月的天氣裡，太陽像火一樣懸掛在天空，熊熊地燃燒著大地。汗從每個弟兄們的頭上流下來，黃豆般大小的汗掉落在地上。

地上也熱得發燙，高飛抬頭看了看空中掛著的太陽，刺眼的陽光讓他不得不用手遮掩，快要睜不開眼，他站在原地都已經感受到背脊上的汗珠在順著背部向下滴淌，更別說身後那些在地上行走著的士卒了。

這狗娘養的天氣，就如同這狗娘養的戰爭一樣讓人覺得煩躁。只不過五里的距離，因為漢軍的士卒要賣力地推動那些攻城武器，這段不長的路程走起來居然會那麼久。

步騎相間，步兵的緩慢行走同樣阻滯了騎兵的速度，那些馬兒也是揮汗如雨，邁著四蹄走在道路上，嘴裡不時發出些許嘶鳴，似乎在埋怨著前面的步卒擋

住了牠們前進的道路。

高飛環視四周，大軍步步為營，以龜速向前推進，東、南、西三面將廣宗城圍住，只留下北面的一個缺口。

圍三缺一！這是盧植的高明之處，廣宗城裡有十幾萬的賊兵，被他用深溝高壘的策略牢牢地圍住了將近一個月。

十幾萬人，代表著十幾萬張嘴，黃巾賊從四處劫掠而來的糧食早已吃光吃淨了，為了防止這些饑餓如狼的賊兵以死相拼，盧植給他們留了一條活路，同時也為自己留一條後路。

不多時，中間的隊伍打開一條暢通無阻的綠色通道，盧植帶著自己的五百重甲騎兵從那條道上駛來，大概是他也等不及了。

「參見大人！」高飛、劉備、關羽、張飛等人見盧植到來，畢恭畢敬地道。

「免禮！」

盧植翻身下馬，擦拭了一下額頭的汗水，緩緩說道：「城中雖有黃巾賊十幾萬，但大多都是老弱婦孺，真正能打仗的，也就兩三萬人，只要城門一破，子羽你就率領部下的一千騎兵奔馳到北門，凡抵抗者，一概格殺勿論。」

「末將遵命！」高飛應道。

「還有，賊首張角也在城中，傳令下去，凡獲其賊首者，無論死活，一律賞金……五百斤！」

盧植伸出五根手指頭，他堅信，張角一死，給他帶來的榮譽和獎賞，絕非五百斤黃金可比。

「大人，如此一來，重賞之下必有勇夫，士卒都會拼死向前，廣宗城今日必破！」高飛道。

盧植臉上露出笑容，眺望著近在咫尺的廣宗城，心中不勝歡喜，臉上卻淡定地道：「為了今日，本將已經等待多時了！」

「大人，所有攻城部隊全部集結完畢，只等大人一聲令下！」一名軍司馬策馬來到盧植的身邊，拱手道。

盧植道：「傳令下去，開始攻城！」

「諾！」

命令頒下，高飛率領他的一千騎兵翻身上馬，將道路讓開，一千步卒舉著盾牌衝在最前面，二百扛著雲梯的步卒緊隨其後，一千兩百人的梯隊迅速駛過，後面則是數百人推著高大而又笨重的井闌、攻城車，朝著廣宗城一步一步的逼近。

井闌有著和城牆一樣的高度，上面站著弓箭手，用來掩護攻城時爬城牆的部隊，與城內的敵軍對射，可以算作是一種移動的箭樓。在漢軍力士的推動下，井闌、攻城車一步步的逼近城牆，他們的後方，則是固定在地上的拋石機。

一千名持著盾牌的步卒在黃巾賊的箭矢下，率先衝到城牆邊，將黃巾賊射出來的箭矢遮擋在外。

黃巾賊突然改變策略，用弓箭射向那些還在衝鋒的步卒，另外的一些守城賊兵則從城牆上拋下許多大石頭，將牆邊的漢軍盾牌兵砸死不少。

雲梯架了上去，隨即被賊兵給推了下來，或者用石頭給砸得稀巴爛。在盧植一聲令下之後，源源不斷的步卒從漢軍的陣前衝了出去。

他們吶喊著，呼嘯著，以極為振奮的聲音來表示自己心中的無畏。井闌也被推到了弓箭手能射擊的範圍內，井闌上的弓箭手開始向城內的賊兵反擊，大大地減輕了攻城部隊的壓力，但還是有不少漢軍士兵為了爬上城牆而被賊兵殺死。

當攻城車被推到城門邊的時候，那些最先衝到城牆邊而沒有戰死的士卒則用自己手中的盾牌來遮擋著操作攻城車的士卒。

「轟！轟！轟！」

攻城車開始奮力地擊打著城門，不斷有士卒在城門前被射死，或者砸死。當前面戰死一個時，後面的士卒立即補了上去，用他們的血肉之軀為攻破城門而努力著。

一陣較量之後，或許因為黃巾賊沒有吃飽飯的緣故，那些弓箭手的箭矢射得越來越沒力氣了，又或許是因為被井闌上的漢軍弓箭手強大的箭陣給壓制住，總之，城牆上的黃巾賊紛紛退下城樓，轉向了城內。

高飛看得十分仔細，他是第一次如此真實的見證古代攻城戰的殘酷，只短短半個小時，他面前的東城門就已經戰死上千士卒，受傷的更是多不勝數。

「轟隆！」

城門瞬間被攻破了，攻城車很快朝後退去，給後面的部隊讓開一條道路，利用雲梯爬城牆的士卒也一個接一個的站在城牆上，向城內湧去。

「大人，南門、西門均已攻破，張角從北門逃走了！」一騎快馬飛來，將情報稟告給盧植。

「高飛！速速率部轉向北門，如果遇見賊首，不論死活，都不能讓張角逃走！」盧植扭頭對身邊嚴陣以待的高飛喊道。

「跟我走！」高飛「諾」了聲，向身後的騎兵喊道。

一千騎兵迅速向北門馳去，快馬奔騰，不多時便到了北門，但見一些頭裹黃巾的老弱婦孺夾在手拿兵器的賊兵中間，一路向北逃去。

「大人，亂天下者，黃巾賊也。那些百姓都是受了張角的蠱惑，是無辜的，請大人不要對他們下殺手！」劉備看到這一幕，忙開口道。

高飛點點頭：「嗯，我自有分寸。全軍聽令，所有將士不得濫殺無辜，只殺那些手拿兵器的賊兵，其餘百姓，一律不許侵犯！」

「諾！」

「雲長、翼德，你二人各引二百人，順著官道奔馳到最前面，擋住那些被迷惑的黃巾百姓，告訴他們，投降者有吃有喝，遇到反抗者一律殺之！」高飛見長長的人龍沿著官道向北而去，急忙喊道。

「末將遵命！」關羽、張飛齊聲答道。

「玄德兄，請你和盧橫各率領二百人在道路兩旁掩殺。」高飛道。

劉備、盧橫齊聲道：「遵命！」

吩咐完畢，一千騎兵迅速分成五個小隊，各自殺敵。高飛則率領二百騎兵奔馳到離城門不遠處，立刻有數百手持兵刃的賊兵擋住了去路。

高飛手持遊龍槍，一馬當先，帶著二百裝備精良、訓練有素的騎兵猶如狼入羊群，只一次衝殺，便將那數百賊兵衝散。

「不要管這些蝦兵蟹將，速速與我一起衝到城門邊。」

就在這時，一隊身披鐵甲的賊兵從城中湧了出來，在這群鐵甲兵的簇擁下，一個披頭散髮，頭裹一條黃絲帶，身穿玄黃道袍的中年漢子，騎著一匹瘦馬從城中現身而出，臉上一陣驚恐，還不時的回頭張望。

「大人！此人便是賊首**張角**！」高飛身邊的一個騎兵大聲喊道。

高飛神情為之一震，大聲叫道：「得來全不費工夫，隨我去斬殺賊首！」

一聲令下，高飛的騎兵部隊迅速衝了過去。

鐵甲兵的簇擁中，張角面帶驚恐，突然看到一小股騎兵殺了過來，大聲喊道：「管亥！擋住他們！」

張角身邊，一個身高一米八左右的黃臉大漢「諾」了聲，率領那群身披鐵甲的步兵立刻組成了一個小型方陣，大聲叫道：「放箭！」

幾十個手持弓箭的賊兵，使出全身的力氣射出了箭矢。

「嗖！嗖！」

高飛見箭矢射來，急忙俯身在馬背上，同時喊道：「不要怕，衝過去，賊兵已經是窮途末路了！」

聲音剛落下，便聽見背後十數聲慘叫，十幾個騎兵從馬背上跌落下來，重重地摔在地上，一命嗚呼。

「媽的！」高飛重新端正身體，握緊手中的遊龍槍，看著不足百米的那群鐵甲兵，恨恨地罵道。

「大賢良師！請你快走，這裡有我擋著！」管亥見高飛的騎兵來勢洶洶，大聲喊道。

「多多保重！」張角只留下一句，大喝一聲，便帶著數十輕騎迅速繞開前面的黃巾賊，向西北方逃去。

高飛看見張角跑了，前面又有鐵甲兵擋路，抖擻精神，用槍撥開射來的箭矢，咬緊牙關，瞬間便衝進那群鐵甲兵中，利用馬匹的高速衝撞力，直接撞在擋在前面的十幾名持著長槍的賊兵，同時自己也從馬背上跳了下來，只聽見一聲馬匹的悲慘嘶鳴，以及幾名賊兵骨頭斷裂聲，他便落在了地上。

他的身體還在地上翻滾著，眼角的餘光便看到管亥手持一把大刀，帶著一群鐵甲兵圍了過來。他急忙用手掌撐地而起，在賊兵即將用刀槍刺過來的時候騰了起來。

手中遊龍槍橫掃一下，立刻便有幾個賊兵被劃破了喉頭，鮮血從那幾個賊兵的喉頭噴湧而出，還來不及叫喊便倒地身亡，同時給他留了一個空隙，讓他得以落腳。

「砰！」

就在高飛落地的一瞬間，他聽到自己的耳邊響起了巨大的聲音，一柄大刀砸在地上，持刀人濃眉大眼，身體壯實，正是黃巾賊管亥！

「好險！」高飛暗叫一聲，還來不及吐口氣，便感到背後生風，寒毛豎起，他急忙彎下身子，只聽見「噹啷」的一聲響，頭上的鐵盔被擊落，落在黃巾賊的屍體上。

他身體猛然翻轉，雙手拄著遊龍槍雙腿朝後踢騰而出，將背後那個持著長劍的黃巾賊給踢開，同時用力扭轉身體，雙腳在圍著他的士兵胸口迅速地踩著，頗有橫掃千軍之勢，等他身體轉了一圈，那群賊兵都翻身倒地。

「閃開！」管亥大吼一聲，縱身而起，一把大刀當空劈來。

高飛急忙用遊龍槍格擋住那柄大刀，「錚」的一聲轟鳴之後，他只覺雙手虎口被震得微微發麻，架住的那柄大刀也猶如千斤之重，在貫力的作用下，頗感吃力。

管亥落地，刀頭突然平削，企圖削掉高飛的頭顱，道：「上次沒有殺了你，這次你決計別想逃走！」

高飛急忙用槍擋住，同時身體連連後退幾步，對管亥的力道頗為吃驚。

他回轉槍頭，刺穿一個從背後殺來的賊兵，冷漠的眼神緊緊盯著管亥：「好漢英勇，且留下姓名！」

「老子便是管亥！」

「管亥？曾經與關羽在馬上交戰數十回合，也算是一員威猛的小將了，我當收為己用。」高飛暗道。

「砰！」

此時，百餘騎兵同時衝了過來，將圍住高飛的賊兵盡皆撞飛，騎兵翻身下馬，迅速集合在一起，長槍所到之處，挑開一條血路，立刻扭轉了高飛被動的局面。

高飛臉上大喜，接連刺死三個賊兵之後，回過頭時卻不見了管亥，四下尋訪一番，但見管亥騎在一匹快馬之上，帶著幾名親隨朝西北方而去。

「投降者免死！」漢軍士兵高喊著，渾厚的聲音猶如陣陣驚雷，賊兵不見了首領，又抵擋不住漢軍的攻勢，立刻心生畏懼，紛紛拋下手中的兵器，跪地求饒。

「你們留下，來五十個人跟我走，追殺張角！」高飛大喊一聲，扭頭見官道上一片混亂，頭裹黃巾的百姓接二連三地扯下頭上的黃巾，將之拋在地上，任人踐踏，局勢似乎已經被控制住了。

說話間，高飛和五十名騎兵翻身上馬，也不管城中還有多少黃巾賊兵，只顧著向西北方向而去。

高飛帶著五十騎兵向西北方向追去，耳邊風聲呼嘯，馬蹄落地有聲，狂追數里後，終於趕上了管亥等人。

「管亥！」高飛定睛看見與其相隔只有一里的管亥，當下叫了出來。

聲音如同滾雷一般，但見管亥座下馬匹轟然倒地，將管亥整個人從馬背上掀了下來。

管亥在地上翻了幾個跟頭，座下馬匹口吐白沫，正發著悲鳴般的長嘶，他驚恐之下，急忙從地上爬了起來，大聲罵道：「這該死的畜生！」

幾乎是同一時間，其餘幾名黃巾賊座下的馬匹也陸續倒地不起，那些瘦馬許久沒有吃過好的食物，已經是骨瘦如柴了，加上馱著人長時間的奔跑，終於在這個不知名的小山溝裡體力不支。

「將軍快走，這裡交給我們！」幾個黃巾賊爬了起來，迅速聚攏在一起，護衛在管亥周圍，道。

「誰也別想走！」高飛迅速奔了過來，將管亥和那幾個黃巾賊給包圍住。

管亥見已無退路，長嘆一聲，丟下手中大刀，向高飛畢恭畢敬地拜了拜，道：「高將軍，管亥頭顱在此，只管來取便是，能死在將軍手上，也算是一種福分，你動手吧！」

高飛本來就有心收服管亥，見他主動請死，大笑道：「民不畏死，奈何以死懼之！你跟隨張角叛亂，本是罪不可赦，我見你也是一條好漢，不如歸順於我，隨我一同斬殺張角，也算是將功折罪了。」

「我參加黃巾，無外乎是為了功名，求個富貴……如果能從叛賊變成官軍，也是不錯的選擇，既然大賢良師大勢已去，我又何苦為此送命？」

管亥想到這裡，便跪在地上，道：「多謝將軍的不殺之恩，從此以後，管亥這條命就是將軍的了，只是……只是大賢良師是我舊主，無論如何我都無法下這個手……」

「我明白你的意思了，我也不會強人所難，你只需告訴我，張角往何處逃，剩下的事就交給我了，事成之後，你也是大功一件。」高飛見管亥一臉的誠懇，便道。

管亥面露難色，咬了咬嘴脣，十分不情願地從牙縫裡擠出來一句話：「正北方向，下曲陽！」

高飛立即對左右道：「留下二十個人，護送管壯士回營，若有人問起，就說管亥已經歸順於我！其餘人跟我來！」

「諾！」

管亥站了起來，向高飛深深地鞠了一躬，道：「願將軍馬到功成！」

「賊兵座下馬匹瘦弱，絕對跑不遠，只要我一路狂追，必然能夠趕上張角。」高飛大喝一聲，策馬而出，身後三十名騎兵緊隨其後，急速向正北方向的下曲陽追去。

張梁調轉馬頭，將大刀迤邐在地上，手中握著刀柄，直接衝向高飛。

高飛只有過一次馬戰經歷，見張梁如此拖拉著大刀，刀背朝下，刀鋒朝上，心中一驚：「難道這就是傳說中的拖刀計？」未曾多想，張梁快馬已然到了身邊。

一行人剛向北追出不到五里，便見路邊幾十匹馬倒在地上，力竭而亡。

看到這一幕，高飛立刻打了個手勢，大聲道：「停！」

環顧四周，見地上有一長串的腳印，心中大喜，道：「賊兵沒有了馬匹，徒步前行，中郎將大人有令，俘獲賊首者，賞金五百斤，弟兄們，發財的時候到了，隨我繼續追！」

又繼續向前追了不到兩里，赫然看見一條三岔路口，高飛下馬查看了一下地上的腳印，但見三條道路上都有人的腳印，不禁道：「張角也不傻嘛！」

「大人，現在我們該怎麼辦？」一個親兵問。

高飛問：「去下曲陽的路走哪條？」

「西北方向，走左邊這條！」親兵答道。

「全部跟我向西北方向追！」

「大人，三條都有賊兵經過，為什麼大人只向西北方向追？萬一張角不走這條路，那大人不是前功盡棄了嗎？」

「下曲陽是賊兵彙聚的地方，張角必定會向下曲陽走！賊兵雖然多過我們，但已經餓壞了，加上又走了這麼多路，一定疲憊不堪。只要我們再追一段路程，必然能夠趕上！」高飛分析道。

高飛帶著部下朝西北方向狂奔，沿著彎曲的小道向前不到三里，便見張角在一群黃巾賊的簇擁下亡命飛奔著。

「是張角！」高飛大喜，喊道：「快追，不能讓張角跑了！」

張角在部下的護衛下向前跑著，忽然聽見背後馬蹄聲響起，回頭望見高飛帶著三十騎兵追來，臉上頓時一陣驚恐，急忙對身後的五十名賊兵大聲喊道：「你們留下，擋住官軍！」

隨即，八十多名黃巾賊迅速分開，五十名賊兵舉著手中的長矛、刀劍組成了一堵人牆，擋在道路中央。

看著對面矯健的騎兵快速奔來，賊兵全身顫抖著，對這些騎兵產生了巨大的畏懼，還沒有等騎兵到來，便急忙丟下手中的兵刃，跪在地上磕頭求饒。

其餘賊兵見了，頓時人心惶惶，忽然聽見高飛等人喊著「投降免死」，便一股腦地拋下了手中的兵器，也跪在地上求饒。

高飛一臉冷峻，也不管那些跪在道路兩邊的賊兵了，帶著部下快速地從賊兵的面前駛過，眼睛惡狠狠地盯著前方的張角，道：「莫走了張角！」

吼聲傳進張角的耳裡，他已經是心驚膽戰，猛然回頭，見身後竟然沒有一個護衛，雖然憤怒，但是也無可奈何，唯有加快腳步，逃命要緊。

然而張角的兩條腿無論怎麼跑，也絕對跑不過高飛座下四條腿的戰馬。高飛很快便追了上去，遊龍槍猛然向前刺出，從背後刺穿了張角的身體。

張角一命嗚呼，倒在血泊中，高飛策馬走到張角屍首邊，翻身下馬，抽出腰中的佩劍，砍下張角的腦袋，又從張角的身體上拔下遊龍槍，提著張角的頭顱翻身上馬。

「大人，這些賊兵怎麼辦？」

「罪只在張角一人，這些賊兵不過是受其迷惑而已，將其全部押回廣宗，聽候中郎將大人的發落！」高飛道。

「諾！」騎兵們收攏了那幾十名賊兵的兵器，將他們趕到道路中，稍微讓他們休息片刻之後，便押著他們往廣宗城趕。

高飛將張角的頭顱拴在馬項上，「駕」的一聲輕喝，跟隨隊伍而去。

回到廣宗時，城內戰事已了，城頭上插滿了漢軍的大旗，十幾萬黃巾賊人一個也沒有跑掉，全被趕到西門外的一處開闊地上，放眼望去，猶如一群螞蟻。

高飛在騎兵的簇擁下從北門而入，城中一片狼藉，屍體隨處可見，鮮血灑滿街道，一些房屋還冒著濃濃的黑煙，空氣中到處瀰漫著血腥味和煙火味。

看到眼前的這一幕，高飛心裡有一絲隱痛，一將功成萬骨枯或許是最好的解釋。他看了看手中的遊龍槍，槍頭那個沾滿血跡，帶著猙獰面孔的頭顱，輕輕嘆了口氣。

城內的漢軍正在忙碌著，他們將屍體一具具搬到城外，然後全部拋到深溝裡，加以掩埋。

高飛詢問盧植所在的地方，便吩咐手下一起加入搬運屍體的行列，自己則到縣衙去找盧植。

縣衙裡，盧植坐在正中，兩邊站滿了人，軍司馬以上的官員全部到齊，見到高飛從門外走來，手中提著張角的人頭，眼睛裡都露出羨慕的光芒。

高飛將手中的人頭重重地扔在地上，抱拳道：「參見大人！末將幸不辱命，特來獻上黃巾賊首張角的人頭！」

盧植看了眼地上的人頭，臉上露出喜悅之色，走到高飛身邊，一把拉住了高飛的手，大聲道：「子羽不負眾望，果然帶著張角的人頭回來了！我聽人說你向北追擊張角而去，就知道你必然會獲此大功。我能有你這樣勇猛的部將，真是無比的福分。來人，將黃金五百斤抬上來！」

門外的士兵早已準備好黃金，聽到盧植的命令，便抬著兩個大箱子走了上

來，黃燦燦的金塊，照得大廳金光閃閃。

高飛看著兩箱金子，心想自己前世開公司，為的不就是能賺大錢嗎，可是在**這個亂世，這點金子又算得了什麼，與其獨吞，不如將這些金子拿來收買人心！**

想到這裡，他不敢貪功，向盧植拜道：「大人，末將能順利斬殺張角，跟大人和眾位將士有莫大的關係，末將懇請大人將這些黃金用來安撫那些戰死沙場的士兵家屬，以彰顯大人體恤下屬的仁心！」

盧植滿意地道：「子羽真義士也！居功不自傲，本將沒有看錯你，這是本將一開始就提出的獎賞，這五百斤金子如今就是你的財物了，至於要怎麼用，那是你的事，不必向本將奏明，但是本將所許諾的話必須兌現，不然會被天下人恥笑。」

高飛於是轉對眾人道：「諸位大人，攻城時，若沒有你們協助，我也絕不會有此功勞，請你們將戰死人數呈報上來，這些黃金就當是給那些戰死士卒的安家費吧！」

在場的各位軍司馬臉上都顯出了喜悅，紛紛拱手道：「我等代表死去的士卒謝過高司馬。」

盧植走回到座位上，高聲道：「將賊將周倉、管亥帶上來！」

「管亥？我不是讓人將他送回來了嗎？」高飛心中一驚，扭臉看見士兵押著五花大綁的周倉、管亥走了進來。

管亥一看見高飛，便大聲罵道：「卑鄙的小人！」

周倉「哼」了聲，冷言道：「管亥兄弟，早跟你說過，官軍沒有一個可信的，你就是不聽！如今你我二人能又走到一起，黃泉路上也不算寂寞了。」

「跪下！」盧植喝道。

士兵將管亥、周倉使勁按在地上，兩人掙扎了一會兒，卻無濟於事，便不再掙扎了。管亥的眼裡充滿了敵意，惡狠狠地看著高飛。

高飛不知道發生了什麼事，當即道：「大人，末將在追擊張角的時候，已將管亥收降，讓人護送他回來，為何會……」

「城內十幾萬賊兵的死罪可免，但是這兩個賊將絕對不可以姑息，本將與張角對峙月餘之久，周倉、管亥多次率領賊寇侵擾我軍，致使我軍多數將士戰死，此二人是張角的爪牙，必須殺了，以儆效尤！」

「哼！要殺便殺，何必囉嗦！」周倉毫不畏死地道。

「大人，如今正是用人之際，末將周倉、管亥交手多次，此二人武力都不弱，不如留下，讓其為我軍效力，將功折罪。」高飛一心要收降周倉、管亥，急忙道。

「子羽，你好糊塗！三日前九里溝一戰，他二人合力將你圍困，差點將你置於死地，本將殺了他們兩個，也算是替你報仇，你為何執迷不悟？」盧植道。

高飛道：「大人，**成大事者不拘小節**，前者周倉、管亥二人還是黃巾賊，之所以一心想置我於死地，不過是各為其主罷了，如今張角已死，黃巾賊大勢已去，如果能夠讓他二人為朝廷效力，不僅可以顯示朝廷的寬宏大量，也能彰顯大人的心胸，末將懇請大人三思！」

盧植垂下眼簾，想了想，道：「周倉、管亥，你二人可願意棄暗投明，歸順朝廷？」

管亥本來就已經歸順了高飛，只是回到廣宗的時候，被盧植看見，強行關押了起來，此時聽到高飛為他極力辯解，心中便不再埋怨高飛，急忙答道：「在下本來就降了高將軍，自然願意歸順朝廷，還請大人開恩！」

盧植又問道：「周倉，你呢？」

周倉看了眼高飛，問道：「高飛，你真的可以對以往的事既往不咎？」

高飛點點頭道：「以前的事情都過去了，我不會放在心上，不然的話，我也不會替你求情。我看你也是一條好漢，如此年紀輕輕的便死了實在可惜，更何況，你們跟隨張角，大賢良師到底是否為神仙下凡，想必你們比我更清楚。現在張角已死，黃巾軍大勢已去，你又何苦為此丟了自己的性命？」

周倉聞言，扭頭對盧植道：「要我投降也可以，只不過我是被高飛抓來的，我只能投降給抓我來的人！」

眾人面面相覷，盧植臉上更是露出一絲不悅，但是轉念想到高飛是自己的部將，投降高飛也就等於是投降了他，也就釋懷，當即笑道：「周倉，你起來吧，從此以後，你就是子羽的部將了！給周倉、管亥二人鬆綁！」

士兵解去周倉、管亥二人身上的繩索，二人先是叩拜了盧植，再一起叩拜了高飛，喊道：「屬下參見大人！」

高飛忙將周倉、管亥二人扶起，心中比他得到了那五百斤金子還要開心。他拍拍兩人的肩膀，道：「不必多禮。」

盧植見周倉、管亥退到高飛的身後，便朗聲說道：「如今廣宗已下，十幾萬黃巾賊人紛紛投降，但是城內已經沒有糧食了，我軍餘糧又不足三月，下曲陽仍有十幾萬黃巾餘黨，該如何處理這十幾萬降賊，本將想聽聽你們的意見。」

高飛道：「大人，這些黃巾賊不過是尋常百姓而已，只因為受到張角的蠱惑，才跟著反叛的，如今投降大人，大人應該妥善安排。末將以為，可將這十幾萬人分批送到其他郡縣，自然可以減輕我軍壓力。」

盧植點點頭道：「嗯，你說得不錯，就照你的意思辦理。」

高飛想想，這次廣宗之戰，雖然他斬殺了張角，但是功勞最大的還是盧植，畢竟盧植是這支部隊的統帥，而且他老是這樣給別人打工，心裡實在不爽，當即道：「大人，末將有一事懇求，不知道當講不當講？」

「有話便說，何必吞吞吐吐的。」盧植道。

「大人，如今廣宗已下，張角也死了，但是消息不會那麼快傳到下曲陽。末將以為，兵貴神速，我軍當以迅雷不及掩耳之勢急奔下曲陽，一旦我軍兵臨城下，下曲陽十幾萬黃巾餘黨措手不及，必然會陷入大亂，一戰即可攻下下曲陽，徹底平定河北黃巾。」

盧植聽後，讚道：「你說得不錯，只是我軍剛剛攻占廣宗，士卒死傷數千，十幾萬投降的黃巾賊還沒有得到安撫，本將一時離不開這裡啊……」

高飛自告奮勇道：「大人，末將甘願擔當先鋒，只要大人撥給末將兩萬人馬，一月之內，末將定然能夠攻下下曲陽！」

「壯哉！只是……黃巾賊人多勢眾，兩萬人馬是不是少了點？」盧植質疑道。

高飛道：「大人，黃巾賊多是沒有經過訓練的百姓，戰鬥力不能和官軍相比，末將以為兩萬人馬足矣，只要大人肯撥給末將兩萬精兵，末將定能一舉攻克下曲陽……為大人揚名天下！」

盧植聽到最後幾個字時，心裡十分激動，當即歡快地拍了拍手，叫道：「好！子羽，你何時啟程？」

「越快越好！」

「那這樣吧，你今日且回營中歇息，明日辰時，本將為你集結兩萬人馬，明天就出發如何？」

「多謝大人成全！」

「好了，你回到城外營寨休息吧！」

「末將告退！」

高飛走到大廳門口，望了眼地上的那兩箱金子，對盧植道：「大人，這兩箱金子還請大人予以分配！」

盧植點點頭，臉上露出了滿意的笑容。

出了縣衙，高飛帶著周倉、管亥回到城外的營寨，卻見周倉臉上帶有難色，便對周倉道：「明天就要攻打下曲陽了，我知道你現在的心情，本來是一起作戰的生死兄弟，現在卻要掉轉槍頭對付他們，你的心裡不好受，對不對？」

周倉點點頭，沒有說話。

管亥道：「周倉兄弟，想開點，沒啥難受的，我們之所以參加黃巾，為的是什麼？還不是有口飯吃嘛，如今我們歸順了大人，大人對付賊兵，我們就應該予以輔佐，何必長吁短嘆的？」

周倉道：「話雖如此，可是畢竟是生死相交的兄弟，你就下得了手？」

高飛雖然和周倉、管亥沒有深交，但是也能找出兩個人身上的不同之處，相比之下，**周倉是個重義氣的人，管亥相對差了點，似乎只重視自己的利益**。他既然收降這兩人，就等於多了兩個幫手，也自然有辦法駕馭這兩個人，這就如同他在現代領導一個公司裡的職員一樣。

他拍了拍周倉的肩膀，笑道：「沒什麼好擔心的，到時候和你有生死之交的人，你都可以讓他們棄暗投明，如此一來，事情就變得簡單了。」

管亥笑道：「大人高見！」

傍晚，部隊陸續從廣宗城回來，小小的廣宗城裡已經容納了十幾萬投降的人，漢軍只能暫時住在城外原來的大營，只派了一些士兵看守四門而已。

士兵歸來，白天冷清的營寨頓時熱鬧起來，一堆堆篝火迅速升起，疲勞的士兵圍坐在篝火邊，歡快地聊著天，講述著白天的事。

高飛成了這些士兵談論的對象，他斬殺張角、慷慨散財的事蹟被士兵們編成了各種版本，在軍營裡到處流傳，一時間讓他成了軍中炙手可熱的人物。

高飛的部下也回來了，他手下的一千騎兵只死了十幾個，今天的戰鬥算是大獲全勝。加上他又收降了周倉、管亥二人，歡喜之下，便任命周倉、管亥做了軍侯。他將劉備、關羽、張飛一起叫了過來，圍坐在篝火邊，並讓盧橫弄來了酒肉。

篝火裡的燈火忽明忽暗，高飛筆直地站在篝火邊，端起手中的酒碗，舉起道：「諸位，明天我們就要去攻打下曲陽了，今晚大家開懷暢飲，不醉不歸！」

「我等敬大人一碗！」圍坐在篝火邊的五個剛剛上任的軍侯一起舉起了手中酒碗，異口同聲地道。

一杯酒下肚之後，張飛嘟囔著嘴，抱怨道：「真他娘的憋屈，本以為能夠痛痛快快的打上一仗，哪知道俺剛帶兵過去，只殺了三個賊兵，其餘的都嚇得紛紛投降了，一點意思都沒有！」

「哈哈哈！」眾人聽後，都哈哈大笑了起來。

高飛道：「翼德兄勇猛無匹，策馬狂奔猶如猛虎出籠，試問有幾個不怕死的敢去遮攔？估計被你殺死的那幾個賊兵也是被你嚇呆了，一時沒有來得及交出武器，就已經一命嗚呼了！」

「高……大人，明天攻打下曲陽，俺老張可要痛痛快快的殺上一番，要是再遇到像周倉兄弟這樣的人，你不許和俺再搶功勞！今天你殺了張角，等到了下曲陽，張梁、張寶可就歸俺了！」張飛本想喊高賢弟，見周圍都是人，尋思了一下，還是改了口。

高飛笑道：「成，到時候我絕對不和你搶，但是不知道雲長兄是否願意讓你獨占功勞？」

張飛急忙看了眼滿臉通紅的關羽，問道：「二哥，你不會和俺搶吧？」

關羽道：「不搶，咱們兩個一人一個！」

「呵！這和搶有什麼分別？」張飛叫道。

關羽笑了笑，沒有回答。

劉備白了張飛一眼，向高飛拜道：「我兄弟三人全仗大人，才得以在朝廷的軍隊中立足，剛才我二弟和三弟說的無非是玩笑話，還請大人不要見怪，張梁、張寶我兄弟三人絕對不會跟大人爭功……」

「玄德兄說這句話未免有點太見外了，殺掉張梁、張寶固然可以獲大功，但是他們兩個人也不會像木頭一樣站在那裡，戰場上瞬息萬變，這種事誰也說不準，既然雲長兄和翼德兄願意斬殺張梁、張寶，又有何不可？你們現在是我的屬下，你們殺了他們，也就等於我殺了他們，沒有什麼區別，更何況咱們是兄弟，誰殺不是殺？」高飛誠心道。

張飛大大咧咧地道：「對，還是大人說得對，大哥未免太多心了。」

關羽借著給張飛倒酒的機會拉了一下他的衣角，貼在張飛耳邊輕聲道：「聽大哥的，少說話，多喝酒！」

張飛臉上一怔，見劉備面無表情，眼裡似乎透出一層陰鬱之色，便不再說話了。

高飛察言觀色，見劉備喜怒不形於色，心中暗道：「大耳朵這個傢伙，心裡面到底在想什麼？臉上一點表情也沒有，真讓人難以捉摸。」

周倉、管亥只顧喝酒，並不多言，畢竟他們剛剛投降過來，雖然被破格提拔為軍侯，但是許多關係還不太熟悉，更何況他們之前還是賊寇。

酒過三巡，本來熱鬧的場面，卻因為劉備的一句話而變得十分乏味。高飛自覺無趣，便先行離開，緊接著周倉、管亥二人也起身離開。

劉備、關羽、張飛回到營帳裡。

「大哥，高賢弟一番好意，你又何必拒人於千里之外呢？」張飛一進營帳便嘟囔道。

劉備緩緩地坐了下來，什麼也沒說。

「大哥，你倒是說句話啊，高賢弟不但收留我們，還讓我們加入他的部隊，跟隨他一起攻打黃巾賊寇，今天就連咱們的那三百鄉勇也都換上了官軍的衣服，你到底是怎麼想的嘛？」

張飛見劉備不大有興致，心中越發著急，摸不清劉備到底是什麼意思。

關羽一把拉住張飛，搖搖頭，道：「三弟，大哥心情不好，別煩大哥了！」

「心情不好？咱現在不用受人家的白眼了，有酒喝，有肉吃，還有仗打，可以殺賊立功，大哥還有什麼心情不好的？」

「三弟！」關羽斥道：「不得對大哥無禮！」

「二弟、三弟，你們且坐下，聽我一言。」劉備也不生氣，看著關羽、張飛。

關羽將張飛拉坐在地上，忽然聽見劉備小聲哭泣，急急問道：「大哥，男子漢大丈夫，你哭什麼？」

「大哥……俺不該發牢騷，不該……」張飛慌張道。

「三弟，不怪你，只怪大哥無能。大哥身為漢室宗親，卻屢屢受人譏諷，有幸遇到高賢弟是一種福分……只是，今日一戰，高賢弟斬殺了張角，聲名鵲起，反觀我們兄弟的處境，如何不讓人傷心？桃園結義之時，我們曾立下誓言，起兵討賊，要轟轟烈烈的幹出一番大事業，如今卻只能給別人當部將……剛才我之所以說出那樣的話，也是不得已而為之，畢竟高賢弟是我們的上司，作為下屬又怎麼能公然爭搶功勞呢?!」劉備緩緩說道。

關羽、張飛聽了，心裡也籠上一層陰霾，勸慰道：「大哥不必難過，我們明白大哥的意思，等攻打下曲陽之時，我們必定將張梁、張寶的頭顱斬下，給大哥揚名！」

劉備止住哭泣，握住關羽、張飛的雙手，誠懇道：「我劉備今生能有你們二位兄弟，雖死無憾。」

「大哥！」關羽、張飛也喊道。

「我現在什麼都沒有，只有雲長和翼德兩位義弟，如果我不能留住他們的心，還談什麼宏圖大志？一旦黃巾賊平定，朝廷必定會頒下敕書，封賞有功之人，到那個時候，我再帶著雲長和翼德辭別高飛，為實現自己的志向而努力。」

劉備緊緊地將關羽、張飛抱在一起，心中想道。

高飛回到營帳，心中十分不爽，衝帳外的盧橫喊道：「拿酒來！」

盧橫送來了酒，見高飛臉色難看，不由問道：「大人，你怎麼了？」

「沒什麼，心裡悶得發慌！」高飛隨口答道。

盧橫雖然跟隨高飛不久，但是見多識廣，歷經滄桑的他還是有眼力的，便給高飛倒了碗酒，道：「大人是在為剛才的事情苦惱嗎？」

高飛看著盧橫，道：「剛才什麼事？」

盧橫道：「大人，屬下有句話，不知道當講不當講？」

「沒有人堵住你的嘴！」

盧橫放下酒罈，欠身道：「大人，關羽、張飛和劉備是異性兄弟，屬下這幾日觀察，這三個人都頗重情義，如果大人只想拉攏關羽、張飛，只怕會相當的困難……」

「你知道的倒是不少嘛，沒想到我的這點心思也被你看出來了！」

「大人恕罪，屬下該死！只是屬下一心為大人著想，這話不吐不快！」盧橫急忙跪在地上，叩頭道。

高飛擺擺手，笑道：「你起來吧，我能分得出忠奸來，繼續說。」

盧橫站了起來，道：「屬下以為，劉備、關羽、張飛三人一條心，縱使在某些地方有點分歧，但是兄弟情義大於一切，他們絕對不會分開。大人如果真的想拉攏關羽、張飛，就必須將劉備一起拉攏過來。」

高飛當然知道這個道理，但是他知道劉備不是個久居人下的人，留在身邊有點危險，他只想要關羽、張飛，並不想要劉備。

他想了想，道：「這件事不准對外人說，劉備三人何去何從，我自有分寸。」

「屬下明白！」

「周倉、管亥他們兩個新投降過來，未可深信，如今我的身邊就只有你了，只要你好好的為我做事，等平定了黃巾，我自然會將你帶在身邊，同享富貴！」

盧横拜謝道：「屬下必定忠心耿耿，效忠大人！」

「嗯，你去給周倉、管亥各送一罈美酒，今晚我見他們沒怎麼喝，跟其他人也很生疏，你去替我疏通疏通。」

「屬下明白，屬下這就去辦理，大人早點休息，屬下告退！」

高飛見盧横退出營帳，又喝了一碗酒，躺在床上，腦中還在想著怎樣拉攏關羽、張飛這樣的猛將，不知不覺酒意上來，便迷迷糊糊地睡著了。

漢曆，中平元年七月二十。

清晨的太陽尚未升起，被露水滋潤著的暗紅色彩雲隱隱浮在東方平原上，清冷的空氣中偶爾傳來幾聲鳴叫。群山還沉沉地隱沒在蓄勢待發的朝陽中，輪廓模糊，卻又如同打著哈欠的龐然大物，只需一點風吹草動，便顯露出駭人的身形。

片刻之後，濃紅色的太陽在霧氣中猛地迸出一道光芒，把遠處群山的頂峰映耀在自己的燦爛之中。

咚！平原深處傳來一聲沉重的鼓聲，敲在所有人的心上。

不一會兒，又一聲鼓聲傳來，大地彷彿在微微顫抖。那鼓聲的節奏越來越快，慢慢連成一線。突然，鼓聲停止。地平線上揚起一陣塵土，接著，鼓聲一浪高過一浪，時而高時而低，由慢轉快，愈加急促，最後在緊要關頭戛然而止。

靜默片刻後，轟，一個沉悶卻又驚心動魄的聲音從遙遠處傳過來。靜了一會兒，轟，又是一聲，從塵土騰起的方向傳來。慢慢地，這轟轟的聲音也越來越快，從塵土中漸漸走出一個龐大的軍陣。在初升太陽的光輝中，從東向西而來。

方陣呈矩形，每行一百人，縱列一百五十行，無論每行，還是每列，都呈筆直的一條線，一萬五千人的方陣由四面戰鼓指揮著，跟隨著沉重的鼓聲，一絲一毫沒有偏差，每一步，都似踏在觀看者的心上，生出強烈的震撼力。

隨後馬蹄聲響起，從東西兩側的灰塵中各駛出來一千五百名的騎兵，迅速地集結在步兵方陣的左右兩翼。最後騾馬拉動的大車，馱著裝滿糧草的車隊，以及拆卸了的攻城武器，跟隨著兩千士兵從方陣的後面緩緩駛來。只片刻功夫，兩萬大軍就此集結完畢。

西邊的高崗上，盧植穿著一件墨色的寬袍，滿意地點點頭，對站在身後的盧植道：「子羽，這是本將為你親自挑選的精兵，三千騎兵，一萬五千人的步兵，再加上兩千押運糧草和攻城器械的輜重兵，一共是兩萬人，今天我就將這兩萬將士全部交付於你，由你率領著，去攻打下曲陽！」

高飛戴盔穿甲，左手按在懸掛在腰間的一把長劍上，目光掃視著高崗下兩萬雄壯的軍隊，臉上露出微笑，向盧植拜謝道：「有大人給的這兩萬雄兵，下曲陽必然能夠攻下！」

「子羽，不可大意，下曲陽不比廣宗，那裡是賊兵的巢穴，防守嚴密，而且張梁、張寶都是驍勇善戰之輩，一切要多加小心。」盧植看了看年輕氣盛、一臉自信的高飛，擔心地道。

「大人放心，末將絕對不會辜負大人對末將的期望，如果下曲陽真的易守難攻，末將會在那裡等待大人援軍到達。」高飛看出盧植的擔心，安慰道。

盧植點點頭：「辰時已過，你也該出發了。」

「末將告退！」

高飛下了高崗，騎上馬，心裡道：「終於我可以獨自領兵了，下曲陽一戰，我一定要揚名天下！」

「出發！」

隨著高飛的一聲令下，大軍開始行動起來，騎兵在前，步兵在後，沿著去下曲陽的官道向北行去。

高飛率領騎兵走在最前，讓盧橫負責管理押運糧草的輜重兵，讓劉備、周倉、管亥負責步兵，自己則帶著關羽、張飛領著騎兵在前。

辰時剛過沒多久，太陽穿透雲層，將火辣的陽光照射在大地上，每個行軍的人都揮汗如雨。

到了午時，高飛實在頂不住了，伸手摸了一下身上披著的戰甲，微微地發燙，抹了把臉上的汗水，道：「這狗娘養的天氣！傳令下去，全軍停止前進，到路邊的陰涼處歇息一番，埋鍋造飯！」

「全軍停止前進！」

「停止前進……停止前進……」

一聲令下，後面的士兵便如同傳話筒一樣將命令傳達下去，在古代這種資訊不發達的時代，這是一個十分有效的傳達命令的方式。

高飛策馬來到離路邊不遠處的樹林，翻身下馬，脫下身上的戰甲，身上貼身穿的衣服都已經被汗濕了。他舔了舔乾裂的嘴脣，朝張飛招了招手。

「大人，你叫我？」張飛策馬而來，翻身下馬，問道。

高飛點點頭，對張飛道：「翼德兄，煩請你去將玄德兄、雲長兄、周倉、管亥、盧橫他們全部叫到前軍來，我有事情要吩咐！」

張飛「諾」了聲，翻身上馬，便去傳喚人去了。

高飛一屁股坐在地上，將頭上的頭盔也摘了下來，茫然四顧，看到一片荒蕪的良田，自言自語道：「黃巾起義給東漢朝廷一次重大的打擊，雖然起義很快便被鎮壓下去了，但是從此以後，東漢朝廷基本上等於名存實亡，之後各地反賊多不勝數，**我必須在董卓之亂到來前，搞到一個地盤，收猛將，招賢士，潛心發展，為群雄爭霸做準備。**」

在樹蔭下等了片刻，關羽先行到了。「拜見大人！」

高飛擺擺手道：「雲長兄，這裡又沒有外人，何必如此客氣？」

「如今大人是大軍的統帥，末將要是和大人稱兄道弟，那豈不是太沒有禮數了嗎？」關羽欠身道。

高飛見關羽的回答十分冷漠，想想一路上關羽和張飛雖然跟在他的身後，卻沒有之前那樣親暱了，不知道昨夜劉備對關羽和張飛說了什麼。

「雲長兄，坐下吧，他們幾個還要許久才能到呢。」

「諾！」關羽便在離高飛一米遠的地上坐了下來，他的丹鳳眼瞇成一條線，也不知道他是在醒著還是在睡著，給人一種朦朧的感覺。

高飛打量著這個忠義無雙的聖人，心中想道：「大耳朵不知道究竟有什麼魅力，居然讓關羽、張飛如此死心塌地的跟隨，看來，我想收服關羽、張飛，還得從劉備入手。」

不多時，等人都到齊後，高飛便示意他們坐下來，道：「這狗娘養的天氣實在太熱了，從廣宗到下曲陽，最多七八天路程，我的意思是，白天休息，夜晚行軍，避開這酷熱的天氣，你們覺得怎麼樣？」

眾人臉上都掛滿了汗珠，聽到高飛這個提議，都沒有反對，齊聲答道：「末將唯大人命令是從！」

高飛道：「那就這樣定了，白天休息，晚上行軍，去通知士兵，找陰涼處躲避，去傳令吧。」

「諾！」

「周倉、管亥，你們留下！」眾人剛走出兩步，高飛便叫道。

「大人有何吩咐？」周倉、管亥異口同聲道。

高飛道：「你們二人原是黃巾，一定對張梁、張寶很熟悉，我想瞭解一下這兩個人。」

管亥道：「大人，張梁、張寶是張角的弟弟，但這兩人與張角大有不同，張角可以說是手無縛雞之力，張梁、張寶則武藝高強，在黃巾軍中，二人是首屈一指的大將。」

「果真如你說的那樣強悍嗎？不是黃巾軍吹噓出來的？」高飛狐疑道。

周倉道：「大人，張梁、張寶確實武藝高強，二人一刀一槍，武藝精湛，非一般人能比，大人可以不相信他們的妖術，但是武藝是絕對吹噓不出來的。」

高飛見管亥點頭，問道：「比我如何？」

二人都是一怔，面露難色。

周倉老實回道：「未嘗比過，不知道到底誰高誰低。」

高飛想了想自己曾經玩過的電玩「三國群英傳」，裡面的張梁、張寶的武力都在八十五以上，屬於中上等的水準，和周倉、管亥之流應該在一個檔次。他擺擺手道：「如今你們是漢軍的軍官了，就應該有個軍官的樣子，以前是黃巾賊，現在不是，你們清楚我的意思嗎？」

管亥、周倉道：「大人，我等明白！」

「好了，下去吧！」

「我等告退！」

見管亥、周倉走了，他腦中幻想道：「我能和張飛拼殺五十多招，如果按武力值評分的話，估計也應該在九十五以上吧？」

命令下達後，高飛的兩萬大軍便晝伏夜出，白天休息，晚上行動，避開了高溫天氣，使得士兵的行動力大大增加了不少。如此數日，不知不覺便離下曲陽只有五十里了。

七月二十六日，夜。

高飛率領大軍在下曲陽外五十里的一處山坡上紮下了營寨，並且派出十幾名斥候，散佈在營寨周圍，以應付突發狀況。

一夜無事。

第二天清晨，高飛留下周倉、盧橫守衛營寨，自己帶著劉備、關羽、張飛、管亥和三千步騎來到下曲陽城下。

下曲陽城中，張梁、張寶二人立在城頭，披頭散髮，頭上纏著一條白布，身上穿著孝服，手中握著不同的兵器，目光中對兵臨城下的漢軍充滿了敵意。城牆附近黃巾賊的弓箭手嚴陣以待，滾木擂石更是準備充足。

張角被漢軍斬殺的消息奔相走告，對漢軍來說是莫大的動力，只幾天的時間便傳到了黃河南岸的潁川、南陽兩地，風靡大河南北，遠遠地超乎高飛預料的傳遞速度，盧植的名頭更是響徹天下。

他很清楚，**盧植是他的上司，也同樣成為他的絆腳石**，他斬殺張角的事，只有盧植軍隊內部知道，傳到外面依然是盧植的功勞，**無論他在盧植的軍隊裡多麼風光，也只是一個部將而已**，更無法蓋過主將的風頭。所以，他才央求獨自領兵。

他甚至沒有向盧植要一員軍侯級別的將領，只要了以屯為單位的兵勇，他要在下曲陽獨獲此殊榮，**他要讓全天下的人都知道，黃巾賊最精銳的軍隊，是他高飛平定的。他的名字會從盧植的陰影下脫穎而出，這才是他真正想要的。**

高飛眼睛緊盯著下曲陽城，看到那些黃巾賊各個身強體壯，和在廣宗那些餓餓難民不同，他們身上裹著薄薄的鐵片，就連手中的武器裝備也相對的統一。

「大人，看來張角的死訊已經傳到了這裡，下曲陽城裡的黃巾賊都是主力，十幾萬黃巾賊裡至少有五萬可以作戰的部隊。」管亥在高飛的身後解說著。

參加黃巾起義的都是吃不飽，穿不暖的農民，也有少許流寇和大盜，他們拖家帶口的，從數量上看似乎很龐大，可真正能打仗的，不過才幾萬人而已，武器裝備上也無法和經過正規訓練的官軍相比較。

高飛很明顯知道這一點，輕輕地笑了笑道：「擺開陣勢！」話音落下，策馬而出，扯開嗓子喊道：「張梁，張寶，你們聽著，張角的人頭是我砍下來的，要想給你們兄長報仇，就來與我決一死戰！」

張梁一聽這話，怒氣立刻湧了上來，指著高飛道：「你給我等著，待會看我不扒了你的皮！」

高飛見張梁轉身下了城樓，張寶手中握著長槍，站在城頭上亦是怒目相對。

不多時，城門大開，張梁帶著五十匹快馬及五百步卒從城中湧了出來。張梁手中舞動著一口大刀，眼裡佈滿了血絲，策馬狂奔直取高飛。

高飛見張梁來勢洶洶，不敢輕視，抖擻一下精神，一聲大喝，舉著遊龍槍衝了出去。

兩馬相交，一聲脆響，高飛只覺得雙手微微發麻，看遊龍槍精鋼製成的槍桿被張梁大刀砍出了一個細小的傷痕，不禁對張梁的力氣暗生佩服。

張梁調轉馬頭，將大刀迤邐在地上，手中握著刀柄，直接衝向高飛。

高飛只有過一次馬戰經歷，見張梁如此拖拉著大刀，刀背朝下，刀鋒朝上，心中一驚：「難道這就是傳說中的拖刀計？」

未曾多想，張梁快馬已然到了身邊，只見他雙手猛然提起刀柄，將手中大刀狠狠地劈了下來。

高飛急忙舉手格擋，「錚」的一聲巨響，雙手立刻感到猶如千斤墜落的力道，雙臂支持不住，緩緩地被張梁的刀鋒壓制下來。

他咬緊牙關，使出吃奶的力氣，但究竟還是處於下風，只覺自己手中的長槍一點一點的落了下來，只要片刻功夫，刀鋒就會壓在肩頭上。

他見張梁的臉上現出一絲詭異的笑容，還沒等他反應過來，只覺遊龍槍上的力道頓時消失，一股寒意順著槍桿直逼脖頸，寒光從眼前閃過，他急忙將身體向後仰去，刀鋒從他面前削過，與他的鼻子只隔了零點零一毫米，當真是好險。

張梁連續兩次都未擊中，心中懊惱，奈何座下馬匹並未停下，帶著他的身體向前奔去。他的身體在馬背上剛一個起伏，便聽見背後高飛大叫一聲「回馬槍」，嚇得背脊發涼，急忙將手中大刀橫在背上，可是卻沒有聽到應有的兵器碰撞聲。

好奇之下，他微微扭過頭，眼裡一陣茫然，背後居然是一匹空蕩蕩的馬，與他交戰的高飛卻不見了蹤跡。

「人呢？」張粱驚詫之下，急忙勒住馬匹，驚呼一聲。

突然，只覺一個黑影擋住了他的光線，驚恐之下猛然抬頭，但見一桿長槍迎面刺來，與他交戰的高飛凌空飄下，他背後大刀還來不及轉到前面，便聽見「噗」的一聲悶響，左邊胸口被硬物刺了進去，刺穿他的心臟，從背後透了出來。

他一臉猙獰，從馬背上跌落下來，重重地摔在地上，身體抽搐幾下之後，便不再動彈了。

「威武！威武！」靜默片刻後，漢軍陣裡突然發出無比的歡呼聲。

高飛飄落在地上，從張粱的屍首上拔出自己的遊龍槍，立刻有一腔熱血從張粱的心窩處飛濺出來，濺了高飛一臉。

鮮血滴到嘴邊，他伸出舌頭輕輕地舔了一下，鹹鹹的，他扭過頭，看到賊兵心生畏懼，抽出腰中的佩劍，砍下張粱的頭顱，高高地舉了起來，大聲喊道：「還有誰？」

喊聲如同滾滾驚雷，震懾著對面的賊兵。

城樓上，張寶看到這悲慘的一幕，緩緩地閉上了眼，從眼角流下兩滴熱淚，帶著悲憤的心情道：「全軍退入城中，緊守不戰！」

命令頒了下去，賊兵紛紛退入城中，緊閉城門，不敢再出。

第四章

皇室貴胄

劉備不傻，自然聽出高飛有拉攏他的意思，他又何嘗不是和高飛有著同樣的想法呢？他婉言地拒絕高飛，只不過是在掩飾自己的真實想法而已。他的心裡時時刻刻的謹記著，他是皇室貴胄，應該有一個很好的出路。

漢軍陣中，劉備輕輕嘆了口氣，什麼話也沒有說。

關羽、張飛聽到劉備的這聲嘆息，覺察出大哥的心情。關羽道：「大哥不必煩惱，量那張寶也不敢輕出，等到攻城時，某定當砍下張寶的狗頭，獻給大哥。」

「哼！」張飛策馬向前，來到高飛身前，喝道：「高賢弟今天好威風啊，不是說好了嗎，張梁、張寶留給俺殺！」

高飛見張飛一臉怒氣，笑道：「翼德兄，我也是逼不得已啊，剛才那種情形下，我不殺他，他必然會殺我。這樣吧，張寶就留給翼德兄來殺，如何？」

張飛抬頭看了眼城樓上還在傷感的張寶，便道：「好，我這就去搦戰！」

話音落下，張飛扯開嗓門，朝著城裡的黃巾賊大聲喊道：「張寶！你的兄弟都死光了，你也快快出來受死，黃泉路上也不寂寞了！」

城門毫無動靜，一點回音也沒有。

「張寶！你個縮頭烏龜，快快滾出來受死！」張飛見沒人回答，再喊了一次。

城內還是沒有一點動靜，張寶站在城頭上，一言不發，充滿血絲的眼中已是怒火中燒。

高飛提著張梁的腦袋，策馬回陣。

管亥問道：「大人，賊將的屍體該如何處置？」

「就擱在那裡吧，留給賊兵自行處理。」高飛道。

耳邊再次響起張飛的叫喊聲，緊接著便是一番咒罵，可是無論張飛怎麼叫罵，張寶就是不出來，城門也緊緊地閉著。

到了晌午，張飛的嗓子已經喊得冒煙了，他擦了下額頭上的汗水，策馬回陣，大咧咧地罵道：「氣煞俺也！狗日的賊兵就是不出來了！」

劉備策馬來到高飛面前，道：「大人，快到日中了，看來今日張寶是不會出戰了，如果他準備堅守城池的話，我軍這點人顯然是不夠的，不如暫且回營，從長計議。」

「回營！」高飛點點頭，下令道。

回去的路上，高飛一直在暗中觀察劉備、關羽、張飛三人，關羽、張飛的面部表情已經將他們的心理透露了出來：一個眯著丹鳳眼，擺出一副無所謂的姿態；另一個則是一路上沒完沒了的罵罵咧咧，劉備卻面無表情，目光看不出一絲異樣，似乎剛才一切都沒有發生過一樣。

「這樣的人最難對付，弄不清楚他心裡在想什麼，就無法對症下藥，看來真要收服劉備，還得從長計議。」高飛想道。

三千步騎平緩的行走著，頭上頂著太陽，每個人都不好受。

「玄德兄。」高飛輕輕地朝劉備叫了一聲。

「大人有何吩咐？」劉備回應道。

高飛搖搖頭道：「玄德兄乃漢室貴胄，如今卻只能在我的手下當個軍侯，未免委屈了玄德兄……」

「大人說的哪裡話，末將未嘗想過如此事情，只要是為國盡忠，末將義不容辭。」劉備道。

高飛道：「玄德兄難道就沒有什麼遠大的抱負嗎？男子漢大丈夫，難道不該在這樣的世道裡有所建樹嗎？」

「抱負？末將說出來也不怕大人恥笑，末將確實有過遠大的抱負，只求平定黃巾之後回鄉種田，娶妻生子，安安穩穩地過完一輩子，這就是末將最想要的。」

「碌碌無為，平庸一生，死了也不會有幾個人知道，這樣的日子不要也罷。我觀玄德兄相貌不凡，全身籠罩著貴氣，只要稍加努力，日後必然能成為大富大貴之人。玄德兄，你我相識多日，我是個愛才之人，玄德兄是個人才，不如以後就跟隨在我的左右，咱們兄弟有福同享，豈不美哉？」

「這個……大人的好意末將心領了，只是末將性子野，加上才疏學淺，只怕辜負了大人的厚愛。」劉備謙遜地道。

高飛聽劉備壓根就沒有跟隨自己的意思，看了看關羽、張飛，道：「玄德兄能有雲長、翼德兩位賢兄相伴，是一種福分，只可惜我高飛沒有玄德兄那麼好福氣，要是能夠得到三位的鼎力相助，必然能夠闖出一番名堂出來，日後留名青史，也不枉虛度年華啊。」

劉備不傻，自然聽出高飛有拉攏他的意思，他也猜出這次高飛獨自領兵攻打下曲陽的真實目的。**他又何嘗不是和高飛有著同樣的想法呢？老是在人家的手底下混飯吃，真對不起自己身上流著的皇室血統。更何況他今年已經二十八了，歲月不饒人，他又能有幾個二十八？**

他婉言地拒絕高飛，只不過是在掩飾自己的真實想法而已。他的心裡時時刻刻的謹記著，他是皇室貴冑，應該有一個很好的出路。

回到營寨之後，高飛沒有再下達命令，除了軍營裡正常的巡防之外，沒有一點動靜。

他將張梁的頭顱拴在旗桿上，高高地掛了起來，以炫耀自己的榮譽。畢竟這支軍隊的真正統帥是盧植，並不是他的私兵，他除了儘量打出自己的名聲之外，還需要培養屬於自己的私兵。

「大人，你叫我？」盧橫進了高飛的營帳，問道。

高飛道：「你來得正好，我問你，和你一樣跟隨我的舊部，還剩下多少人？」

「大人，除了屬下之外，還有十九人跟隨著大人左右。」

「以你的眼光來看，這十九個人裡，有幾個如同你一樣機靈的？」

盧橫想了片刻，道：「大人的意思是……」

「我想提拔兩個可靠的人，我雖然統領這兩萬人的軍隊，但是真正的心腹並沒有幾個。」

「大人，有個叫費安的，為人挺機靈的，至少在屬下手底下辦事沒有出過什麼紕漏。」

「你就不怕我提拔了他，他會超越你嗎？」

盧橫笑道：「為大人辦事，是屬下的職責，屬下將費安推薦給大人，相信大人一定不會怠慢屬下，我又何須擔心呢？」

高飛呵呵笑道：「你說得不錯，如今我能信任的人，就只有你一個，就算你將費安推薦給我，短時間內他也無法取代你的位置，更何況，我也不會虧待你，只要你能死心塌地的跟著我，從此以後你在我心中的位置，是不會被人替代的。」

「多謝大人厚愛，屬下這就將費安叫來，大人可以親自問話。」

「嗯，去把費安叫來吧。」

「諾！」

盧橫不多時便帶來一個人，那人鬚髮焦黃，精瘦結實，個子大約一米八左右，一雙陰鷙的眼睛閃爍著狡黠與機敏，從外形上看猶如一根竹竿，但仔細看，不難發現他身上的每一處肌肉都恰到好處，十分的緊繃。

「屬下參見大人！」費安欠身拜道。

高飛道：「不必多禮，盧橫，你去將周倉、管亥一起叫來！」

「諾！」

「費安，你是哪裡人士？」高飛問道。

「回大人話，屬下益州武都人。」

「今年多大？」

「二十有三！」

高飛見費安對答如流，滿意地道：「你可知道我今天叫你來，所為何事嗎？」

「不知！」

「昨晚可是你在我帳外守護？」高飛的話裡透著一股冷意。

費安道：「正是屬下！」

「費安！你好大的膽子啊，我的東西你也敢偷？」高飛突然大聲質問道。

費安急忙跪在地上，道：「大人明察，屬下就是有十個膽子也不敢偷大人的東西啊。屬下昨夜一直在帳外守護，從未踏進營帳半步……」

高飛就二十個親兵，相處下來，雖然不知道每個人的姓名，但是長相都很熟悉，他記起昨夜是費安守夜，便靈機一動，想出一個測試他的點子。

他猛地拍了一下大腿，喝問道：「還敢狡辯？快說，我的那塊金子到哪裡去了？」

費安神色如常地說道：「大人的財物一向由盧屯長掌管，別說營帳中沒有金子，就算有，屬下也絕對不敢在虎口拔牙，這種監守自盜的事，屬下怎麼會做得出來呢？」

高飛本是隨口胡謅，見費安臨危不懼，呵呵笑道：「你起來吧，從今天起，你就是軍侯了。」

費安驚訝地看著高飛，愣了片刻才緩過神來，當即叩首道：「大人，請恕屬下不能從命。」

「你……你居然敢違抗我的命令？」高飛意外地道。

「大人，屬下是盧屯長的部下，大人突然將屬下提拔為軍侯，卻不提拔盧屯長，未免有點太不近人情了。論功勞，論武藝，盧屯長都在屬下之上，更應該獲得提拔，所以屬下冒死請求大人先提拔盧屯長。再者，屬下也沒有能力當一個軍侯，不過，親兵隊長還是可以勝任的。」費安回道。

「嗯，你放心，盧橫我會提拔的，你們兩個都會成為軍侯，這下你可以放心了嗎？」

費安直言道：「大人，大人軍中現在只有五個軍侯，屬下有自知之明，自認不能和軍侯們相提並論，也沒有那麼大的能耐，屬下還是覺得親兵隊長一職比較合適屬下。」

「嗯，隊長太小，統領的人不過才五十個，既然你不願意當軍侯，那你就接替盧橫當個屯長吧。」

「多謝大人提拔！」

就在這時，盧橫走了進來，對高飛道：「大人，周倉、管亥來了，在帳外候著！」

高飛道：「讓他們進來吧！」

周倉、管亥一起從帳外走了進來，齊聲道：「參見大人！」

高飛道：「免禮！你們兩個可是真心歸順於我？」

周倉、管亥二人面面相覷，自從歸順高飛以來，兩人如履薄冰，小心翼翼，自認為並沒有做什麼出格的事，不知道高飛為什麼會發出此問。

兩人很有默契地跪在地上，向高飛叩頭道：「大人英明神武，我等欽佩不已，不敢有貳心！」

高飛見周倉、管亥表明心跡，便道：「起來吧，我沒有要責怪你們的意思。你們二人原為黃巾賊，既然歸順於我，就是我的心腹了。如今下曲陽城池堅固，守備森嚴，如果我軍強行攻城的話，只怕會死傷慘重。所以，我想請你二人去為我辦一件事，事成之後，你們便是此戰的首功！」

周倉、管亥對視一眼，拱手道：「大人有事儘管吩咐，我等二人願意為大人赴湯蹈火，在所不辭！」

高飛聽到如此豪言壯語，大聲讚道：「好，我要的就是你們這份豪氣！**你們兩個脫去漢軍軍裝，換上便裝，頭裹黃巾，去下曲陽詐降！**」

「詐降？」周倉、管亥訝異地道。

高飛道：「不錯！下曲陽城防甚嚴，強攻的話肯定吃虧，不如智取。我先殺了張角，今日又殺了張梁，張寶必然惱羞成怒，恨不能扒了我的皮，吃了我的肉。我之所以這樣安排，一來是你們原本是黃巾，二來也是對你們兩個的信任，我已經將你們當成了自己的心腹。我知道，你們雖然擔任軍侯，可是底下的士兵卻不怎麼領情，如果你二人能在這件事上立下功勞，我想便不會再有什麼人敢發出微言了。」

周倉立即應道：「末將願往！」

管亥見周倉爽快地答應，又見高飛的目光裡充滿了期望，一咬牙，便豁出去道：「大人，該怎麼做，還請大人吩咐！」

高飛將詳細的計畫給周倉、管亥說了一遍，二人聽後默記於心，齊聲道：「大人高明！」

高飛道：「事不宜遲，你二人現在就行動吧！」

「末將告辭！」周倉、管亥向高飛拜了拜，然後緩緩退出營帳。

「大人，這兩個人可信嗎？」盧橫待周倉、管亥走了之後，小聲問道。

高飛道：「**用人不疑，疑人不用**。盧橫，從今天起，你升為軍侯，你的屯長位置就由費安接替了。」

盧橫歡喜地道：「多謝大人提拔。」

高飛擺擺手道：「其實早就該提拔你的，只是因為當時兵少而已。好了，起來吧，去將劉備、關羽、張飛三人叫來。」

「諾！」

高飛打開臨行前盧植送給他的地圖，這幅地圖，他仔細地研究了三天才搞明白東西南北，以及看懂圖上符號所代表的意思。

沒多久，劉備、關羽、張飛、盧橫、費安都到了。

高飛即用手指著地圖上的一個小點，將自己的計畫說了出來，並且詳細交代每人各自的任務。

「都清楚了嗎？」

五人齊聲答道：「都清楚了！」

高飛道：「事不宜遲，請各位照我的吩咐去忙吧，破敵就在今夜！」

周倉、管亥回到營帳後，便脫去軍裝，換上一身便裝，各自騎了快馬，出營寨，向北方的下曲陽飛奔而去。

約莫奔馳了二十多里，管亥大叫一聲「停」，便勒住馬匹，翻身下馬，走上一道沙梁。

周倉也停了下來，見管亥用雙手捧起沙梁裡的沙土，然後向空中拋灑，任由飄落的沙土將他的頭上、身上弄得如同一個土人。

「管亥兄弟，你幹什麼呢？」周倉不明所以，問道。

管亥嘿嘿一笑，拍了拍手上的土，向周倉招了招手，道：「周倉，你過來！」

周倉翻身下馬，走到管亥身邊，還沒開口，管亥便捧起沙土向他身上猛灑。他猝不及防，弄得全身滿嘴都是土，他連連「呸」了幾口，吼道：「你他娘的發什麼羊腳瘋？」

管亥嘿嘿笑道：「不是發瘋，是偽裝！」

「偽裝？」周倉不解地道。

管亥也不解釋，拍了一下周倉的肩膀，道：「走，去下曲陽，你就知道我這樣做的好處了！」

到了下曲陽城外，二人大聲叫道：「快開城門，我們要見地公將軍！」

城樓上的黃巾賊見兩個灰頭土臉的人在城外叫嚷著，質問道：「你們是誰？」

「我是周倉！」「老子管亥！」周倉、管亥答道。

張寶見周倉、管亥在城下轉悠，冷冷地道：「哼！你們這兩個叛徒，居然還有臉回來？給我射死他們！」

管亥道：「將軍息怒，我二人在廣宗被漢軍包圍月餘，城內快到了人吃人的地步，漢軍攻破城門之後，我等不得已投降，並非真心，如今我二人獲得漢軍重要軍情，特來向將軍請罪，只求戴罪立功！」

張寶見周倉、管亥二人灰頭土臉的，似乎是經歷了一番躲藏，又見東南方向一小股漢軍騎兵駛了出來，似乎是在抓周倉二人，想想他們起義之初就是黃巾大將，又只有兩個人，便道：「開門！」

二人策馬進了城裡，見到張寶，急忙跪道：「我等拜見地公將軍！」

「你們還有臉回來？害死大賢良師還不夠，還想來害我嗎？」張寶抽出長劍，將明晃晃的白刃架在周倉的脖子上，呵斥道。

周倉忙道：「將軍，我等在廣宗被那盧植老兒一圍便是一個多月，能吃的東西都吃光了，哪裡還有力氣去和官軍打，官軍一口氣便攻破了城門，我等力保大賢良師逃出廣宗，卻身陷重圍，不得已之下，只能暫時投降官軍。將軍要是認為我們沒有盡到責任的話，要殺就殺吧，我周倉絕對沒有半點怨言！」

張寶收回了手中的長劍，冷冷地道：「好，姑且信你們一次，你們剛才說有重要軍情，到底是何軍情？」

管亥急忙道：「將軍，前來攻打下曲陽的軍隊是盧植的部眾，只有兩萬，由前軍司馬高飛帶領，高飛還在盧植面前誇下海口，說一月之內必定攻克下曲陽……」

「哼！好大的口氣！下曲陽城裡十幾萬人，就憑他兩萬人馬也想在短短的一個月內攻下下曲陽？簡直是在做白日夢！你說的這些我已經讓人探查過了，撿重要的說！」張寶打斷管亥的話。

管亥接著道：「將軍，盧植只給高飛一個月的糧草，如今剩下的只夠應付二十天左右，只要將軍能燒毀漢軍的糧草，那兩萬官軍就可不攻自破，乖乖地敗回。我和周倉從漢軍中來，知道他們糧草的所在！」

張寶聽了，臉上大喜，當即道：「高飛，你連殺我兩位兄弟，今晚我就讓你斃命！你們兩個下去休息，入夜後隨我一起去襲擊漢軍營寨！」

二人見張寶上當，便站起身來，由士兵帶他們去了城裡。

兩人被安排在一個房裡，一會兒便有人打來一盆水，一個中等身材的年輕漢子走了進來，對端著水盆的人道：「好了，你們都出去吧，在門外守著，沒有我的命令，誰也不准進來！」

「諾！」

周倉、管亥見那年輕漢子不過十五六歲，頭上裹著黃巾，身上披著薄甲，腰上掛著長刀，濃眉大眼，左邊臉頰上還有一顆特別顯眼的黑痣。

二人並不認識這年輕漢子，見年輕漢子用一雙炯炯有神的眼睛打量著他們，看得兩人心裡直發毛。

「你這人是怎麼回事？我是一方之主，是將軍，你只不過是個小旗主，難道一點規矩都不懂嗎？」

黃巾軍裡也有等級之分，張角的天公將軍最大，張寶的地公將軍次之，張梁的人公將軍緊隨其後，之後才是各方方主的將軍職位，然後是方主手下的旗主。管亥見那年輕漢子身上的穿戴，便明白了他的職位，忍不住喝問道。

周倉見那漢子並無離開的意思，便問道：「管將軍的話你難道沒有聽清楚嗎？你是聾了還是啞了？」

那年輕漢子冷笑道：「聽清楚了，我有話想問你們。」

「大膽！你一個小小的旗主，居然敢如此放肆？你眼裡還有沒有我這個方主了？」管亥身為一方之主，見這年輕漢子如此無禮，不禁呵斥道。

那年輕漢子「哼」了聲，抱住雙臂，露出一臉的陰笑，道：「只怕大膽的是你們吧？想用詐降計來騙地公將軍出城？……」

「滾你娘的蛋！你再胡謅，看老子不扒了你的皮！」管亥心裡發虛，大聲吼道：「我對大賢良師忠心耿耿……」

「哼！別以為我看不出來，瞞得過地公將軍，可瞞不過我的眼睛！」年輕漢子毫不示弱地道。

管亥、周倉倒吸一口氣，對視一眼，心想事情反正已經洩露了，索性將這人殺了，然後再逃出城去。

可是當他們剛挪動腳步，便見年輕漢子「唰」的一聲抽出半截長刀，大聲喝道：「想殺人滅口？我早防範著呢！都給我進來！」

「砰！」房門瞬間被踹開，門外幾個黃巾漢子行動一致地抽出手裡的長刀，將白森森的刀刃亮了出來，對準了屋裡的周倉和管亥。

周倉、管亥手中沒有兵刃，見對方人多勢眾，向後退了兩步。

「我不管你們是什麼方主或者是旗主，我只問你們是不是來詐降的？」年輕漢子將長刀收進了刀鞘，緩緩道。

周倉乾脆豁出去道：「是又怎地？」

「果然是詐降！你們是不是真的歸順了漢軍？」年輕漢子問道。

管亥叫道：「是又怎麼樣？我管亥的名頭可不是吹出來的，有膽你們放馬過來！」

「呵呵，收刀！」那年輕漢子臉上露出笑容，朝身後的幾名黃巾刀客喊道。

年輕漢子拱手道：「在下廖化，冒犯了二位，還請恕罪！」

「廖化？你這是什麼意思？」管亥道。

廖化笑道：「黃巾軍大勢已去，天公、人公盡皆戰死，地公將軍報仇心切，居然沒有看出這是官軍使出來的詐降計！如今整個下曲陽都在積極備戰，準備夜晚發動突襲。我十三歲時錯投了太平道，跟隨大賢良師從汝南一路來到下曲陽，我不想再背著一個反賊的罵名，既然你們已經歸順了官軍，不知二位可否替我引薦一下？」

周倉、管亥聽了，長出一口氣。

周倉道：「只要你是真心投降官軍，我可以替你引薦。我家大人文武雙全，只是手下缺少心腹之人，就憑你這番機智，必然能夠在我家大人面前博得一個軍侯當當。」

廖化道：「官職大小我並不在乎，我只在乎能夠從此消去身上反賊的罵名。二位兄長都是黃巾軍裡的宿將，能讓二位兄長心悅誠服的人，必然是一個大大的英雄，這幾位都是跟我出生入死的弟兄，今天的事只有我們知道，絕對不會傳出去，還請二位放心。如果我能順利加入官軍，到時候還要多多仰仗二位兄長。」

周倉道：「一定。你能否幫我一個忙？」

廖化道：「兄長請講，只要我能做到的，一定幫！」

周倉道：「我有一位同鄉，叫裴元紹，也在城中，你可認識？」

「姓裴的？我只認識一個，人人都叫他裴光頭，不知道是不是兄長要找的人？」廖化道。

周倉歡喜地道：「對，就是他，他在哪裡，你帶我去找他！」

廖化道：「恐怕不行，實不相瞞，地公將軍對二位並不放心，所以派我來監視二位兄長，如果周兄公然去找裴光頭的話，只怕會牽連到裴光頭。兄長的意思小弟明白，是想讓裴光頭和你一起投靠官軍對吧？」

周倉點點頭。

廖化道：「那簡單，這件事交給我就可以了，裴光頭和我很好，我去告訴他就是了。」

「那就有勞廖化兄弟了。」周倉拱手道。

管亥見廖化為人機智，張寶派廖化來監視他們，對廖化必然信任，當即將高飛制定的計畫和盤托出，讓廖化從旁協助。

廖化很是樂意，他正愁自己無法以功勞投靠官軍，機會來了，他又怎麼會拒絕。當即三人商量一番，分頭實施高飛的計畫。

入夜以後，張寶集結了三萬黃巾軍，叫來廖化，問道：「周倉、管亥二人可有任何異常舉動？」

廖化答道：「啟稟將軍，並無任何異常，末將照將軍吩咐，給他們送去了酒肉，兩人吃飽喝足之後便倒在床上睡著了。」

張寶滿意地道：「廖化，你做得不錯。等我擊敗這兩萬官軍，回來後就提拔你做個方主。」

「多謝將軍厚愛！」廖化拜道。

張寶道：「你還年輕，前途無量，如今南陽、潁川兩地更和官軍對抗的如火如荼，雖然我們鉅鹿這邊有一點小小的挫折，但是很快就會扭轉戰局的，擊敗高飛之後，我軍就順勢西進，進攻常山，向並州方向轉移，那裡多山川河流，適合我們和官軍進行長時間的鏖戰。」

「是，將軍，末將明白。」

「好了，你去將管亥叫來，周倉就留在城裡，他們要是敢騙我，我就殺了管亥，回來之後再殺周倉。」張寶心裡動了殺機，雖然知道可能會有埋伏，但是他認為這是一個機會，不能輕易放過，何況他帶了三萬人，人數上占了優勢。

廖化去了管亥和周倉的房間，一進門便叫道：「情況有變，只怕計畫要稍微改動了。」

管亥、周倉急忙道：「發生了什麼事？」

廖化道：「張寶還是不放心，只讓管兄陪他去，讓周兄留在城裡。」

管亥、周倉聞言道：「如此一來，大人的伏擊計畫只怕不能取得全勝了。」

廖化道：「不妨事，只要計畫稍為修改一下就可以了。高大人制定計劃的時候，並不知道城裡會有我這樣一心歸漢的人，這也是上天賜給高大人的良機，可以不費吹灰之力便奪下下曲陽城。」

管亥、周倉聽了道：「你是不是有什麼好主意了？」

廖化附耳在管亥和周倉旁說了幾句話，管亥和周倉臉上露出了笑容。

「好，就這樣辦，如此一來，我看那些官軍還敢小看我們這些投降的人！周倉，你就留在城裡，外面的事情就交給我了。」管亥一拍大腿道。

周倉提醒道：「管亥兄弟，你要多加小心，張寶的武藝比張梁還要略高一籌啊。」

管亥道：「放心，外面還有大人呢，沒什麼好擔心的。咱們走吧！」

城門隊伍林立，張寶頭裹黃巾，身穿鎧甲，手中提著長槍，胯下騎著一匹青蔥馬，在火光的映照下，顯得威風凜凜。

廖化徑直走到張寶面前，道：「將軍，管將軍帶到！」

張寶擺擺手，指著身邊一匹沒有馱人的馬，道：「管亥，上馬吧，遲則有變！」又扭頭對廖化道：「城裡就交給你和杜遠、卞喜駐守了！」

廖化道：「放心吧將軍，有我在，城裡保證安然無恙，末將等著將軍凱旋而歸！」

張寶笑了笑，大喝一聲，策馬而出，身後三萬賊兵緊隨其後。

廖化登上城樓，見張寶帶著部隊遠遠地離開後，便對身邊兩個身穿盔甲的漢子道：「杜將軍、卞將軍，小弟最近得到地公將軍賞賜的一罈美酒，尚未開封，聽說這可是皇帝才能喝的御酒啊，想請兩位將軍到寒舍暢飲，不知道兩位將軍可否賞臉？」

杜遠二十五六歲，一張國字臉上留著短硬的鬍子，瞪著圓溜溜的眼珠子看了眼廖化，道：「廖兄弟，地公將軍對你可是越來越好了，居然連搶來的御酒都賞賜給你。老子長這麼大，還沒有喝過御酒呢，既然有人請，不喝白不喝！卞兄弟，你去不去？」

卞喜三十歲左右，長相猥瑣，賊眉鼠眼的，個頭矮小枯瘦，聽到杜遠的話，陰笑道：「老子沒進過皇宮，也沒有偷過御酒，既然廖兄弟盛情邀請，那就一同去吧！」

卞喜當年在江湖上是偷盜作案的慣犯，無論對方的戒備有多森嚴，他都能將所要偷的東西順手擒來，算是個神偷。後來遇到雲遊四方的張角，被張角一番忽悠，便投入了太平道。起義之初，他從各地富商家裡盜出許多財物，買馬購鐵，這才有了下曲陽城裡這支最精銳的隊伍。

廖化見杜遠、卞喜都答應了，便道：「二位將軍，請！」

杜遠、卞喜隨廖化來到他所住的房間，還沒有進門便聞見陣陣酒香，桌上更是擺著各色菜肴，酒香夾雜著肉香，勾起人的五臟廟，更引人垂涎三尺。

「廖兄弟，你如此破費，看來這段時間沒少撈錢啊？」杜遠一邊羨慕廖化，一邊調侃道。

卞喜也是許久沒有吃上這樣豐盛的酒宴了，不斷地發出嘖嘖的聲音。

廖化笑道：「二位將軍見笑了，其實這都是地公將軍的意思。地公將軍一直覺得二位將軍勞苦功高，未嘗犒勞，今晚是個特殊的日子，地公將軍特地讓我在此宴請二位將軍，不然憑我這個小小的旗主，又怎麼擺得出如此豐盛的晚宴？二位將軍請入座吧！」

杜遠、卞喜沒有絲毫懷疑，因為他二人自認是有功之人，張角在世的時候未嘗賞賜過，二人早有不平之心，只是不敢公然表現出來，現在聽廖化如此說，當下心喜入座。

二人坐定，見桌上擺著五副碗筷，不免好奇，心想城裡除了他們有此資格可以赴張寶之宴外，還能有誰？

杜遠嘴快，當即問道：「廖兄弟，是不是還有人沒有來？」

廖化點點頭道：「對，周倉和裴元紹沒有來。」

「周倉和裴元紹？他們算哪門子的客人？真搞不懂地公將軍怎會宴請這兩個人，周倉投過漢軍，裴元紹不過是伙房的管事，他們也配坐在這裡？」杜遠怪道。

卞喜道：「杜兄弟，少安勿躁，地公將軍如此安排，必有深意。」

廖化笑道：「還是卞將軍聰明，周倉雖然投降過漢軍，那也是不得已的，如今漢軍大兵壓境，地公將軍正是用人之際，周倉又是黃巾軍裡數一數二的大將，自然要竭力拉攏了。至於裴元紹嘛，這是小弟的一點私心，裴元紹是雖然是伙房管事，可要是沒有他，咱們也吃不上這美味可口的飯菜不是？」

杜遠聽廖化這麼一解釋，便稍稍釋懷了，當即道：「地公將軍說什麼就是什麼，我等絕無怨言！」

說話間，周倉和一個矮胖的大光頭走了進來：「參見杜將軍、卞將軍！」

「不用客氣，坐吧！」卞喜笑道。

周倉和大光頭分別坐在杜遠、卞喜的身邊，大光頭道：「這是我照地公將軍的意思，吩咐後廚做的，你們都嘗嘗，有什麼不可口的，儘管提出來，我再加以改良。」

廖化對大光頭道：「裴元紹，給二位將軍倒酒吧。」

那大光頭就是裴元紹，周倉的同鄉，比周倉還要小幾歲，和廖化差不多年紀。家裡本來是開酒樓的，父親是個廚子，九歲那年，父親被惡霸打死，他氣不過，用菜刀殺了惡霸，被官府抓了以後，因為年紀小，便免了死罪，施以髡刑，剃掉了頭髮。

他自覺恥辱，從此離家飄零江湖，機緣巧合下到了洛陽白馬寺，被一個和尚收留，從此便在寺裡當起了燒火的沙彌。後來天下大旱，白馬寺沒有餘糧，和尚們也要去四處化緣，裴元紹來到鉅鹿時，碰巧遇見周倉，聽說鬧黃巾有飯吃，便加入了黃巾，因為燒得一手好菜，便當了伙夫，也養成他現在胖乎乎的身體。他雖然參加了黃巾，卻一直不留頭髮，認識的人便都叫他裴光頭。

裴元紹抱起酒罈子，給杜遠、卞喜倒了一碗酒，又給周倉、廖化倒了一碗。

廖化舉起酒杯，朗聲道：「杜將軍、卞將軍，我有一句話不知道當講不當講？」

杜遠、卞喜齊聲道：「廖兄弟有話儘管說。」

廖化道：「二位都是黃巾軍裡的老人了，之所以跟隨大賢良師鬧黃巾，無非是為了有飯吃，有衣穿……可是反觀當今形勢，先是大賢良師被殺，緊接著地公將軍戰死，風靡河北的數十萬黃巾只剩下現在的十幾萬人，萬一地公將軍再敗，將會出現群龍無首的局面，小弟想問二位將軍該如何是好？」

杜遠、卞喜對視一眼，隱隱覺得今天這頓飯沒有那麼簡單，心中嘀咕著，以為是張寶害怕他們手握重兵，想除去他們。

杜遠道：「廖兄弟，有話你就直說，別拐彎抹角的，是不是地公將軍擔心我們會反叛，想削去我們的兵權？」

廖化點頭道：「正是！我與二位將軍來往雖然並不密切，可是大家兄弟一場，我也不想看到二位將軍慘死街頭……」

「地公將軍要殺我們？」杜遠一聽到「死」字，臉上便起了變化，抗聲道：

「我等可都是跟隨大賢良師出生入死的人，沒有功勞也有苦勞吧，如果是為了兵權，我們可以交出來，可他憑什麼要殺我們？」

卞喜的耳朵十分靈敏，隱約間聽到一陣腳步聲，許多人正朝這裡趕來，感到不太對勁，立刻跪在地上。解去腰刀，放在一邊，朝廖化叩頭道：「廖兄弟……不，廖將軍！兵權我這就交出來，我只求你放我一條生路！」

卞喜話音還沒有落下，便見從門外閃出許多持著長刀的刀手，迅速湧進房間，將酒桌裡的人團團圍住。

杜遠臉上大驚，**做夢都沒有想到這是一場鴻門宴**，斜眼見廖化、周倉、裴元紹三人閃到刀手的後面，二十幾個刀手將他和卞喜團團圍住，門外面更是湧出許多拿著火把的刀手，而且越聚越多。

他見勢不妙，立刻將腰刀抽了出來，尋思自己早晚都是個死，不如殺幾個人，臨死也要拉個墊背的。

眾刀手見杜遠拔刀，便一擁而上，只聽一聲慘叫，杜遠便被亂刀砍死，倒在血泊當中，身上更是血肉模糊。

「廖將軍饒命啊，廖將軍饒命啊！」

杜遠的鮮血濺到卞喜的臉上，他更是害怕不已，見自己被重重包圍，無論如何都逃不出來了，只能一味求饒，祈求可免一死。

廖化果然沒有殺他，當即斥退刀手，從人群中將周倉拉了出來，對卞喜道：「卞喜！周倉、裴元紹和我已經暗中投靠了官軍，地公將軍雖然出城，這會兒恐怕也已經被官軍包圍。你可願意投降官軍？」

卞喜連聲道：「願意，願意，只要饒我不死，讓我做什麼我都願意！其實我早有投降官軍之意，奈何杜遠礙事，就算廖將軍不殺他，我也是要殺他的。既然大家都是一個意思，還請廖將軍饒我不死，我定當遊說我的部下，讓他們一起投靠官軍！」

廖化呵呵笑道：「我不殺你，為的就是這個，城中的部隊都在你和杜遠的手裡控制著，所以我只能殺一儆百。起來吧，跟我一起去將所有的部隊召集起來，我們一起投靠官軍，這樣一來，大家又能在一起了，豈不是很好嘛！」

「是是，廖將軍說得是，您說什麼我就做什麼，我這就去召集全軍，但凡不從者，一律殺了。」卞喜連忙從地上爬了起來，低頭哈腰的對廖化道。

周倉看到卞喜就範了，便對廖化道：「廖兄弟，你這個計策倒真是天衣無縫啊，兄弟佩服！」

第五章

不打不相識

高飛見張飛和趙雲並非真是為了一顆人頭而爭奪，只是兩人均看出對方身手的不凡，想借題發揮，試試對方的武藝而已，便道：「不打不相識，這也算是一種緣分。在下高飛，既然大家那麼有緣，不如一起開懷暢飲一番。」

張寶帶著三萬馬步軍出城，人銜枚，馬裹足，在管亥的帶領下，趁著夜色向前疾行了三十里。

「停！」管亥突然大喊一聲。

張寶馳馬來到隊伍的最前面，問道：「管亥，為什麼喊停？」

管亥急忙道：「將軍，此地離官軍營寨已經很近了，我們不能再這樣急速奔跑，不然官軍會有所察覺的。」

張寶想想也是，便道：「那好，那就緩慢前進，傳令……」

「將軍，官軍駐紮在牛頭嶺上，那裡是一片高地，四面是斜坡，我軍要是只從一個方向發動突襲，很難得到應有的效果。」管亥打斷了張寶的話。

張寶也不多疑，想想管亥說的確實有道理，便道：「那以你之見呢？」

管亥道：「官軍的糧草屯放在大營的西邊，防守十分嚴密，即使突然發動突襲，也很難取得重大的成果。末將以為，可分兵在四個方面，將軍先派人從東、南、北三面發動襲擊，吸引整個大營裡的兵力，這樣一來，將軍只消派出少許兵力去焚燒糧草即可。一旦糧草被焚燒了，官軍大亂，我軍便可乘勢掩殺，一舉獲得成功！」

張寶臉上大喜，當即道：「果然是個妙計，高升，嚴政！」

從後面急忙奔來兩騎，拱手道：「將軍有何吩咐？」

張寶道：「你二人各率一萬人，迂迴到東、南兩面，見正北方向發起攻擊時，你們二人便一起隨我猛攻官軍營寨！」

高升、嚴政齊聲答道：「諾！」

張寶又對管亥道：「管亥，我分給你五千人，你帶兵從正北方向發動突襲，廣宗之恥能否得報，便在今夜！」

管亥道：「末將明白，請將軍放心！」

吩咐已定，四人當即分開，張寶朝西方迂迴，高升、嚴政則向東方迂迴，管亥帶著五千人則慢慢悠悠地朝著漢軍營寨而去。

剩下的路程行走得十分緩慢，管亥雖然帶著五千黃巾軍，可是他心裡明白，他要做的是將張寶等人帶進埋伏地點，之所以提出分兵，正是根據高飛制定的各個擊破的計畫而制定的。

如今的漢軍營寨裡只是一個空的寨子，糧草、士兵全部移到了另外一個地方，牛頭嶺上雖然也是燈火通明，也能看見有人在守衛，只不過是高飛讓人編制的稻草人罷了。

管亥帶著那五千黃巾軍走了約莫十里路，然後停了下來，對身後的人說道：

「你們在這裡等候片刻，我去前面看看道路。」

背後的黃巾軍沒有起一點疑心，停留在原地，任由管亥一人策馬向前跑去。

管亥前腳剛走，還沒有一刻鐘，等候在原地的黃巾軍便忽然發現四周火光突起，緊接著便是破空的箭矢射來，讓群龍無首的他們頓時驚慌不已，數百人應弦而倒，其餘人都顫巍巍地靠攏在一起。

在火光的映照下，這些黃巾賊才搞明白自己所處的位置，是一個坑窪的谷地，猶如一個盆地，四周的高地上都站滿了人，將他們全部包圍在一起。

「你們已經被包圍了，識相的都丟下手中的兵器，速速投降！」

人群中，盧橫握著長槍，扯開嗓子大聲喊道。

谷地裡的黃巾賊面面相覷，有想反抗的，舉著手中的兵器衝了上來，可沒有等他們向前走夠五步，箭矢便射穿他們的心肺，倒在地上一命嗚呼了。

此時，管亥露出臉，和盧橫站在一起，對著下面的黃巾賊兵喊話道：「快放下武器，我已經投降官軍，何況你們？投降免死，不要為做無謂的掙扎！」

黃巾賊們見衝出去的機會很小，又見管亥都投降了，便紛紛丟下手中的武器，表示願意投降。

盧橫欣喜若狂，立刻讓士兵去收繳他們的武器，將投降的賊兵押到一邊。轉過身子，看到只有管亥一人，便問道：「管兄，周倉呢？」

管亥道：「情況有變，周倉留在城裡。不過，不用擔心，下曲陽城不用再去攻打了，這個時候，估計已經被周倉接收了。大人在哪個方向，我必須去通知大人，張寶沒有去西面。」

盧橫道：「糟了，大人在東面，如此一來，張寶的首級豈不是要落入張飛的手中了嗎？」

管亥忙道：「張飛在西面嗎？」

「對，張飛在西面，關羽在南面，劉備和大人在東面。你速速去通知大人，這裡的事交給我，我一會兒就去放火！」盧橫急道。

管亥道：「這個功勞不能便宜了張飛，我這就去找大人！」管亥當即馳入後面的山坡，高飛所在的東面走了過去。

高飛、劉備二人各自帶著兩千五百人的官軍，交錯埋伏在一道沙梁上，當他們見到大約兩萬的黃巾軍從沙梁下面過去的時候，他們沒有行動，而是將兩萬黃巾軍全部放了過去。

「大人，現在不行動嗎？」費安小聲問道。

高飛搖搖頭：「賊兵人多，還未真正的進入埋伏地點，如果我們在這裡先發動攻擊，南邊的關羽部隊就形同虛設了，再等等。」

費安道：「大人，屬下不明白，為什麼一定要讓劉備、關羽、張飛獲得戰績呢？屬下看得出來，他們三兄弟跟大人並不是一條心的。」

高飛笑道：「你不懂，**欲想取之，必先與之**，他們雖然暫時不和我一條心，但是來漢軍中多日了，寸功未立，我先讓他們嘗嘗甜頭，這樣他們就不會說我想獨貪功勞了，以後再慢慢的將其收為己用。」

費安豎起拇指，讚道：「大人高明。」

高飛笑道：「你在我手下好好幹，以後不會虧待你的。」

費安道：「屬下一心一意效忠大人，絕不敢有貳心。」

高飛抬頭看了看，夜空被繁星點綴著，真是個極美的夜晚。他估算著時間，等黃巾軍走遠了，便對費安道：「你去將劉備叫來！」

過不多時，劉備隨同費安一起回來。

高飛道：「玄德兄，如果我估算不錯的話，盧橫那邊事情已經解決了，一會只要火光突起，你我便各自帶著軍隊從黃巾軍的兩側殺出去，雲長兄和翼德兄都是萬人敵，他們那兩邊我沒有什麼好擔心的，只是我們這裡是黃巾賊的退路，必須嚴加防範，不能放過一兵一卒，否則的話，他們再湧回城裡，我們又要費很大的周折了。」

劉備拱手道：「末將明白。大人，這個時候也差不多了，我看我們該悄悄的摸上去了吧？」

高飛點了點頭，還沒有來得及開口，便聽見管亥低聲問一旁的士兵吼道：「大人何在？」

「我在這裡！」高飛回應道。

管亥順著聲音走了過來，夜色中定睛看見高飛和劉備在一起，剛張開的嘴，便隨即合上了，硬生生地將想要說的話給吞了下去。他憋了半天，才喊道：「大人，情況有變……」

高飛一聽這話，急忙打斷管亥的話，問道：「怎麼回事？是不是張寶沒有出來？」

管亥道：「出來了，只是計畫有點變化，周倉沒有出來，而是留在了城裡……」

未等管亥說完，高飛便嘆了口氣，道：「看來不能乘勝進攻下曲陽了。」

「大人，不用進攻下曲陽了，情況雖然有變，卻是朝著好的方向變化，現在下曲陽城裡只怕都向大人投降了。」管亥急忙道。

「哦？有這等好事？看來你和周倉的本事真是不小啊，居然能夠策反那麼多人！」

「大人，屬下不敢居功，這一切都是廖化的計謀，他早有投降官軍的意思，便主動聯繫我和周倉，共同演了一齣好戲。大人，屬下是來告訴大人這件事的，儘管放心殺敵，就算有漏網之魚回到下曲陽，也定然會被周倉、廖化他們抓住的。」

「廖化？哈哈，又是一條好漢，等殺了張寶，我定要親自會見他。對了，張寶往哪個方向去了？」

管亥指了指西方，便道：「去燒糧草了。」

高飛笑道：「這樣也好，省得翼德兄埋怨我殺不了張寶，既然這樣，那張寶就交給翼德兄來殺吧，管亥，你就留在這裡，一會堵住賊兵需要你這樣的勇將。」

管亥見高飛似乎有意將張寶送給張飛，看了一眼面無表情的劉備，心中暗自猜測道：「難道大人是想借此機會收買劉備等人？」

他欠身答道：「是，屬下遵命！」

又等候片刻，但見牛頭嶺上正北方向火光大起，在如此的夜裡顯得格外耀眼。

緊接著，牛頭嶺營寨的東面和南面喊聲頓起，兩萬黃巾軍舉著手中的兵器迅速地衝到了營寨裡。

到了營寨，高升、嚴政一碰面，便見正北方向的火光堵住了大門，可是卻沒有看見一個黃巾士兵，茫然四顧，也沒有看見一個漢軍將士，心中發慌，還沒有反應過來，便突然聽到背後喊聲大起，從夜色中湧現出數千官軍。

「糟糕！中計了！快退！」高升大叫一聲，立刻指揮部下退出營寨。

一道火牆突然從營寨外面燃了起來，熾熱的火焰阻斷了黃巾軍的歸路，火牆後面的官軍都舉著火把，嚴陣以待守在營寨外面，緊接著無數支帶著火星的箭矢從天而降，射入營寨裡紮好的草人身上，以及營寨裡的簡易帳篷上，易燃的物體頓時著了火，迅速抱成了一團，組成一條條肆虐的火龍。

火勢迅速蔓延，使衝入營寨的兩萬黃巾賊陷入了大亂，爭相向外逃跑，但是剛跑到火牆附近，便被無情的箭矢射穿了身體，倒在血和火交織的地方，任由那瘋狂蔓延的大火焚燒著他們的屍體。

「不要亂！不要亂，隨我一起殺出去！」高升穩住自己部下的五十騎兵和五百步卒，企圖控制整個混亂的場面。

可是局面已經失控，求生的欲望已經在每個人的心裡紮下了根，他們聽到火

牆外面漢軍喊著「投降免死」的口號，都紛紛拋下了手中的兵器，高聲喊著「我願投降」，迅速馳出了大火的包圍。

「高將軍，大勢已去，不如率部衝出去，回到下曲陽還能再重新振作！」嚴政在混亂中帶著數百步卒找到了高升，大聲地道。

高升點點頭，看看已經失控的局面，大聲道：「都隨我來！」一聲令下，高升、嚴政合兵一處，見南面的火勢較小，便率部往那裡衝了出去。

二人剛衝出來，便感奇怪，四下裡並沒有人阻隔。二人以為是漢軍出現的紕漏，心中正不禁歡喜，卻聽側前方馬蹄聲響起，夜色中當先一騎馳出，馬背上那人正是關羽。

「關某等候你們多時了！」

關羽一手提著青龍偃月刀，一手捋著長髯，丹鳳眼緩緩睜開，從眼裡射出兩道攝人的光芒。

高升、嚴政互相對視了一眼，一起拍馬而出，舉起手中的兵器向關羽衝了過去。

關羽「駕」的一聲大喝，策馬而出，從高升和嚴政的兩人中間快速穿過，只見青龍偃月刀從高升面前寒光一閃，高升的人頭便立刻落地，同一時間，關羽的左手拔出腰中佩劍，身子略微一側，在躲過嚴政刺來的長槍之後，手起劍落，同樣的一顆人頭落在了地上。

黃巾賊見到關羽威風凜凜的樣子，再見高升、嚴政已死，心生畏懼，登時拋下了手中的兵器，全部跪在了地上，大聲求饒。

大火一起，高飛率領著劉備、管亥、費安等人堵住黃巾賊的退路，遠遠地站在火牆外面嚴陣以待，高聲喊著「投降免死」的口號，嚇得數千名黃巾賊拋下手中的武器，乖乖地前來投降。

一些賊兵寧死不降，叫嚷著從火海中衝了出來，立即被劉備率領的步卒迅速給堵了上去。

混戰中，只見劉備手持一長一短兩把長劍，劍舞成團，靠著極其周密的劍招護住自己的周身，寒光閃閃的雙劍從賊兵身邊擦過，但凡近身的賊兵，喉頭上必然會出現一道極其細小的血痕，最後轟然倒地。

高飛吃驚地看著劉備所殺死的賊兵，見每個死去的賊兵喉頭只有一道殷紅，沒有鮮血噴湧的場面，心中暗道：**「這難道就是傳說中的一劍無血？」**

他第一次如此真實的見劉備殺敵，只見劉備靠著過長的手臂，加上極為輕快的劍法，在眾多賊兵之中遊刃有餘，而且劍法之精妙出人意料，雙手雙劍，每一招一式的變化都極有規律。可是他也看得出來，劍法每每到精妙之處時便戛然而止，似乎是在刻意隱藏著什麼。

「關羽、張飛皆是世之豪傑，劉備若真沒有一點過人的武藝，只怕很難鎮住關、張，**看來我是低估了劉備的能力。**」

高飛一邊殺著賊兵，一邊打量著劉備，腦海中赫然浮出一名飄逸的劍客形象，心中道：「從一八四年的黃巾起義，到二〇八年的赤壁之戰，劉備的前半生基本上是百敗百戰，二十四年如一日，參加的戰鬥也不計其數，**戎馬一生的劉皇叔，我一定要將你收為己用！**」

火光沖天，牛頭嶺上的大火裡還殘留著一些來不及跑出來的黃巾賊，他們哭喊著，被烈火焚燒著，那種淒慘的叫聲猶如半夜淒厲的鬼叫，叫聲持續沒有多久，便漸漸地停止了，許多人就此化成了灰燼。

「大人，情勢基本上控制住了，賊兵一個也沒有跑掉！」

關羽策馬從南面趕了過來，翻身下馬，手中拎著兩顆頭顱，朝地上一拋，朗聲道：「這是賊將高升和嚴政的人頭，被某砍了，獻給大人！」

高飛拍了下關羽的肩膀，讚道：「雲長真猛將也！」

關羽一米九的身高往那裡一站，猶如鶴立雞群，看到只及他胸口的高飛對他如此讚賞，露出了這幾天來的第一次笑臉，爽快地道：「大人過獎了，某只不過是做了該做的！」

高飛看關羽越看越喜歡。只覺眾人中還有一雙冷峻的眸子在盯著他看，斜眼看到劉備面無表情的站在那裡，這才收回對關羽的愛惜目光，心想：「人都以為劉大耳朵沒啥大才，只會哭泣，我倒覺得**劉大耳朵時時刻刻在隱藏自己**，如果真是個碌碌無為的人，又怎麼能駕馭得了諸葛亮和五虎上將這樣出類拔萃的人呢？**看來劉大耳朵的權術絕對不亞於任何人。**」

「這邊的事都已經解決了，不知道三弟那邊怎麼樣？」關羽轉身面向西方，眼睛裡充滿了期待，自言自語地道。

高飛被關羽這話帶回了現實，當即對眾人道：「劉備、關羽、管亥、費安，將俘虜全部帶下去，開始清理戰場！」

「諾！」眾人齊聲回答道。

當牛頭嶺營寨大火燒起的時候，埋伏在西側的張飛並沒有得到預期的效果，他連一個賊兵的影子都沒有看到。

看到牛頭嶺上沖天的大火，張飛按捺不住了，心裡嘀咕道：「按照計畫，這個時候應該有賊兵來了啊，可是為什麼連一個黃巾賊的影子都沒有？難道是高飛那小子不想讓俺立功，故意將我放在這裡冷眼旁觀？」

「不行！俺要去殺敵！」

張飛等不及了，提著丈八蛇矛便翻身上馬，同時對身後的士兵喊道，「都給俺站起來，隨俺一起去殺敵！」

「大人，賊兵還沒有到，我們到哪裡殺敵？」背後的士兵茫然四顧。

張飛揚起馬鞭便抽打在那個說話的士兵身上，罵罵咧咧地道：「這裡俺是大人，你他娘的給我閉嘴！你們都得聽俺的，不聽俺的人通通得死！都給俺起來，隨俺衝上去，斬殺賊寇！」

士兵們聽到牛頭嶺上喊殺聲震天，可是自己這邊卻風平浪靜，久藏的熱血立刻湧了上來，騎兵上馬，步兵整理了一下盔甲，迅速從一個山坡下面集結在了一起。

「都給俺聽著，賊兵就在牛頭嶺上，誰要是敢後退半步，俺親自砍了他！」

張飛心中越發地著急了，聽到那邊亂糟糟的聲音，已經是心血澎湃了。

「諾！」

「衝啊！」張飛一馬當先，率部衝上了牛頭嶺。

他這邊剛衝上半山坡，便聽見後面慘叫連連，一陣喊殺聲頓時從背後叫了起來。他急忙回頭，在火光的映照下，不知道從哪裡殺出來了那麼多的黃巾賊，反將他從四面包圍了起來。

他環視一圈，定睛看見黃巾賊寇當中的一員大將，正是張寶。他臉上一喜，扯開了嗓門大聲吼道：「都給你張爺爺閃開！」

張飛這一聲巨吼果然非同小可，猶如一聲驚雷，只見他調轉馬頭，快速從山坡上衝了下來，一邊還喊著：「張寶納命來」的巨大聲音，嚇得所過之處的漢軍也好，賊兵也罷，都紛紛讓開了兩邊，不敢阻攔。

說時遲，那時快，張飛如同一頭猛虎一頭跳進了羊群，丈八蛇矛不停地抖動，矛頭只輕輕地在黃巾賊面前閃過，所經過的地方立刻便多出了一些屍體，那些倒地的屍體鮮血還不住的向外噴湧。

張寶本來是按照管亥指的路走的，可是他害怕上當，便留了一手，遠遠地看著那邊的營寨，等到營寨火起的時候，他暫時不動。過了一會兒，他估摸著那邊的兵力吸引的差不多了，剛準備行動，卻看見埋伏在道路兩邊的官軍衝了上去，

他嚇了一跳，便立刻指揮部隊從背後掩殺。

此時張寶還在指揮著身後的黃巾賊奮勇向前，卻瞅見一個黑漢子只持一桿長矛便暢通無阻，而且那聲聲暴喝，讓他未曾交戰便有了三分懼意，未等那黑漢子衝過來，便急忙調轉馬頭，大喝一聲「撤退」，在親隨的護衛下，朝後面奔馳而出。

前線浴血奮戰的黃巾賊突然聽到張寶的命令，底氣一下子全洩光了，回頭已經不見張寶，立刻作鳥獸散，加上也抵擋不住張飛的衝殺，反被張飛帶著的官軍反擊了回來，只一個回合的反擊，便死傷不少。

張飛猶如無人之境，一丈八的蛇矛不知道挑死了多少人，只感覺自己還沒怎麼殺，擋在他前面的厚厚人牆立刻化為了烏有。他見張寶朝北逃去，也不管後面的官軍如何了，一心想砍下張寶的狗頭，便一邊暴喝著，一邊跟在身後追去。

張寶帶著大約五百騎兵，見後面張飛追來，便留下五十騎兵擋住張飛，可是那些騎兵也同他一樣被嚇破了膽，一經被他遺棄，便四處逃散，並不去阻擋張飛。

他正無奈之下，定睛看見前邊不遠處的一團火光，火光附近官軍若隱若現，推搡著一群頭裹黃巾的人正向東而去。

他猜想這是官軍早已下好的套，心中悔恨不已，改變方向，朝西北而去，抄近路奔往下曲陽。

他帶著騎兵衝過一處漢軍的堵截，折損了幾十個騎兵，可是回頭一看，張飛還在後面緊緊跟著，不停地發出怒吼的咆哮。

他雖然不認識張飛，可是心裡卻將張飛的祖宗是八代都罵了一遍，他現在唯一的活路就是迅速趕回下曲陽，那裡還有他的部眾，利用囤積的糧食，他還可以堅守數月之久。最不濟的話，他也能帶著部眾轉移到其他地方，也不至於死在這荒山野嶺之間。

一路狂奔，張飛是一路狂追，本來背後還有一二百騎兵跟隨，但是不知道是因為馬太慢了沒有跟上，還是什麼其他原因，就只剩下他一個人在追逐了。

天色微明，東方露出了魚肚白，張寶好不容易奔到了下曲陽的城下，還沒有來得及叫開城門，便見廖化、卞喜、裴元紹等人站在城頭上，將黃巾的旗幟拋到了城下。他這才知道是上當了，而且還是上了大當。

他還來不及開口大罵，便見周倉帶著一隊騎兵從城裡駛了出來，當即大叫道：「張寶哪裡走？」

張寶慌不擇路，急忙向西逃去。

張飛一路追到城下，看都沒有看下曲陽一眼，便緊緊地跟隨著張寶而去，卻發現周倉帶著騎兵追來，便大聲喝道：「張寶是俺的，誰敢跟俺搶，俺給誰玩命！」

周倉道：「大人早有吩咐，張寶留給你來殺，我不會跟你搶，但是張寶手下還有四百多騎兵，你一個人追過去太危險，我帶著這五百騎兵給你壯壯聲勢！」

「謝了！」張飛冷冷地回答著，目光卻緊緊地盯著前方的張寶。

一路向西狂奔，他約莫奔走了二十多里，便進入了常山地界，回頭卻見張飛陰魂不散地跟著他，還多了周倉和數百騎兵做幫手，很是懊惱！

他一扭頭，也管不了那麼多了，心想只要能夠不死，管他娘的跑到哪裡。又繼續跑了約二十里，寬闊的大路突然變成了羊腸小徑，而且還是崎嶇不平的山路，兩邊兩座高山，中間這條山路從兩山之間穿過。

疲憊的張寶看看了道路，忽然靈機一動，急忙翻身下馬，讓部眾全部下馬，然後將馬匹全部殺死，將馬匹的屍體堆在了一起，擋住了那條小道。

張飛、周倉等人追到的時候，看見這道屍體組成的牆，便停了下來。

「全部下馬，搬開屍體，絕對不能跑了張寶！」張飛率先跳下馬來，走到那堆馬匹的屍體邊上，用力搬開屍體。

其餘士兵在周倉的一聲令下之後，也都陸續從馬背上下來，開始忙著搬開屍體。

不一會兒，道路便通了，張飛也不騎馬，拿著自己的丈八蛇矛便朝山道上追了過去。

他剛轉過一個拐角，便看見極為震驚的一幕，一個穿著白袍的少年，手中拿著一桿長槍，上面插著張寶的頭顱，數百黃巾賊跪在道路的兩邊，紛紛叩頭求饒。

他傻眼了，想想自己奔襲百里，為的不就是張寶的那顆人頭嗎，如今不知道哪裡來了一個漢子，居然搶了他的功勞，他氣不打一處出，將手中蛇矛向前一指，大聲吼道：「快將張寶的頭顱放下，爺爺饒你不死！」

那白袍少年面目清秀，皮膚白皙，看樣子年紀不過二十歲出頭，身上沒有披甲，頭上只纏著一方綸巾，手中舉著那桿長槍在太陽光的照射下閃爍無比。

那白袍少年嘴角微微一笑，衝張飛喊道：「哪裡來的野漢子，張寶是我殺的，我自當去官府邀功……」

「邀你娘的功！俺追了他將近百里，為的就是他這顆人頭，你要是將人頭放下，我且不與你計較，你要是不放下，休怪你張爺爺手下無情！」張飛怒火中燒，大聲罵道。

那白袍少年並不懼怕，將長槍上的人頭取了下來，朝後面的山道上隨手一扔，自己走在山道的正中間，衝張飛喊道：「人頭在此，有本事你過來拿！」

張飛見那白袍少年分明是在故意和他刁難，還沒有挪動腳步，後面的周倉帶著官軍便趕了上來。

周倉只匆匆一看，便大致明白了，拱手道：「這位好漢，張寶是我們從下曲陽一路追逐到此的，可否行個方便，將頭顱還給我們，至於錢財嘛，我們自然不會少給你的。」

白袍少年道：「張寶是反賊之首，斬殺者定可揚名天下，我憑什麼給你？要拿的話，就必須從我手中奪過去！」

「哇呀呀！氣煞俺也！」張飛大叫了一聲，快速地衝了上去，步履輕盈，身手敏捷。

那白袍少年見張飛衝過來，抖擻一下精神，將長槍握在雙手中，展開一個弓字步。

「啊！」張飛一聲暴喝，整個人騰空而起，一丈八長的蛇矛猶如一柄利劍向下刺來，他巨大的身體遮擋住了那白袍少年上方的陽光，彷彿餓鷹撲食一般的兇猛，一出手便是一個大大的殺招。

「這人居然能跳那麼高，看來不可小覷！」白袍少年心中暗道，不敢和張飛硬拼，身體在張飛的蛇矛刺來之前，便向後倒縱開來，整個動作顯得很是飄逸。

「轟！」蛇矛筆直地刺進地上的一塊大石頭，大石頭瞬間迸裂開來，張飛身體還未落地，便見那飄走的白袍少年冷不防地一槍刺了過來。

這大大超乎了他的預料，本以為這略顯瘦弱的白袍少年沒什麼大本事，卻沒想到少年能在退身的時候還能使出如此巧妙的一招。

他雙手緊握蛇矛，雙腿立刻抬起，猶如一隻上樹的猴子，避過了那一槍，然後搖曳著身體，在空中踩著岩壁，同時拔出了蛇矛，在離那少年兩丈外的地方落下。

張飛如同猛虎一樣犀利的眼睛，緊緊地盯著那白袍少年，心中卻已經將面前這人提了一個等級，抖擻了一下精神，準備使出全力搶奪張寶的人頭。

從雲的裂縫裡，從那橙黃色的邊緣上，陽光成為一種寬闊的扇子一樣的光線，斜斜的投射下來。

晨曦下的牛頭嶺上已經化為一片灰燼，一夜激戰留下的是幾千具被大火燒焦的屍體，餘火剛剛熄滅，整座大營還冒著淡淡的煙霧，將這周圍的天空給熏黑了半邊。

「大人，戰鬥已經全部結束，我軍戰死四百餘人，俘虜賊兵兩萬三千人，五千人被大火燒死，一千五百人死在混戰之中。」費安走到高飛身邊，將戰況稟告給高飛。

「賊首張寶呢？」高飛問道。

費安道：「張寶率部逃走，張軍侯已經追了過去。」

高飛點點頭，道：「既然張飛追了過去，必然能夠手到擒來，傳令下去，大軍向下曲陽城進發。」

「諾！」

命令下達之後，費安、管亥帶著漢軍押送著那些俘虜的黃巾軍，緩慢地朝下曲陽城趕，而高飛則帶著劉備、關羽、盧橫和二百輕騎率先趕往下曲陽。

大約九點鐘的樣子，高飛等人帶著眾人來到下曲陽城，但見下曲陽城門大開，城內的黃巾賊紛紛摘去了頭上裹著的黃巾，列隊在道路兩旁，歡迎著漢軍的入城，從城外一直延伸到城裡，所有人的臉上現出喜悅，似乎在慶幸自己又回到了大漢的懷抱。

在歡迎隊伍的最前列，廖化帶著裴元紹、卞喜畢恭畢敬地等候在那裡。

遠遠望去，廖化見漢軍雄壯般的趕來，當即下令敲響了鑼鼓。

鑼鼓聲迅速響起，緊接著列隊在兩邊的黃巾降卒立即高聲喊道：

「高將軍威武！高將軍威武！」

高飛看到如此一幕，嘴角露出淡淡的笑容，當他策馬來到城門邊時，只見廖化、裴元紹、卞喜和所有人一起跪在地上，異口同聲地道：

「我等參見高將軍！」

如此的陣勢，彷彿高飛真的成了一個將軍。

他回頭看看身後的人，除了劉備面無表情外，其他人都是一陣歡喜，昨夜的一場激戰換來了今天的一座城池，死去的人也能瞑目了，他們的辛苦是值得的。

高飛翻身下馬，徑直走了過去，親自扶起廖化、裴元紹、卞喜三人，打量了一下三人，按照管亥所描述的外貌，對站在最中間的廖化道：「你就是廖化吧？」

「回將軍話，小的正是廖化！」廖化個頭約有一米六八左右，不是太高，面頰上帶著一顆黑痣，說話時，炯炯有神的眼睛裡透著一股精明。

「都說**蜀中無大將，廖化做先鋒，只怕這是對廖化的一個偏見而已**。無論是武力還是智力，與那些名動一時的三國風雲人物相比，他自然遜色許多，單從這次他設計獻城來看，廖化還是頗有計謀的。看來，我又多了一員得力的助手。」高飛在心裡暗暗地誇讚道。

高飛道：「你的事我都聽管亥說了，廖化，從今以後，你們三個人就跟著我吧。」

「多謝將軍厚愛！」廖化三人異口同聲地道。

「額……我現在還不是將軍，只不過是個前軍司馬，你們叫我大人即可。」高飛道。

廖化道：「此時雖然不是，過不多久就會是了，將軍斬殺張角、張梁，又擊敗了張寶，平定了河北的黃巾，必然會受到朝廷嘉獎，加官進爵，封侯拜相也是遲早的事，小的們不過是提早替將軍祝賀而已。」

高飛聽後，覺得廖化雖然年紀小，卻很會說話，一把拉住廖化的手，道：「此次若是沒有你在城內的策應，恐怕我也不會如此順利的平定黃巾，這次你的功勞確實是第一，免去了雙方的戰爭，我定當如實上報朝廷，讓朝廷予以嘉獎。」

「將軍的好意，小的心領了，只是小的是黃巾賊寇，就算立了功，也不一定能夠獲得嘉獎，只要朝廷能摒棄小的們之前犯下的罪過，這就夠了。再說小的已經歸順了將軍，從此以後就是將軍的人了，將軍未嘗獲得賞賜，小的又怎麼敢逾越呢？」廖化欠身道。

高飛還來不及答話，便聽從西北方向駛來一名騎兵，一路上不住的喊著「急報」兩個字。

高飛急忙迎了上去，那名騎兵快馬跑到高飛身邊，還來不及下馬，便大聲喊道：「大人，不好了，張軍侯……張軍侯他……他……」

「張飛？」

高飛看那騎兵緊張的程度，意識到情況的緊急程度，急忙問道：「他怎麼了？他是不是中了張寶的埋伏？」

那騎兵翻身下馬，單膝下跪，喘了口氣，抱拳道：「大人，張寶已死，只是被一個白袍人所殺，張軍侯問那人要張寶的頭顱，那人不給，還和張軍侯打了起來，二人從早上打到現在，一直勝負未分，周軍侯勸慰不住張軍侯，這才派屬下前來稟告大人！」

「你說什麼？從早上打到現在？」

高飛十分驚詫，張飛是超一流的武將，能和他一直打到現在的，自然也是個超一流水準的武將，急忙道：「他們現在在哪裡？」

「西北方向，常山真定境內！」騎兵答道。

「常山真定？難道是趙雲？要真是他，那我非要去將他收服。」

想到這裡，高飛扭頭對眾人道：「玄德兄，麻煩你和盧橫留下，協同廖化等人處理下曲陽城的事物，雲長兄，你和我一起去看看。」

劉備的心裡也起了一絲漣漪，他知道張飛的武力，想想能和張飛鬥到現在還未分出勝負的人，必然也是個英雄，他不想錯過這個結識英雄的機會，便道：「大人，我三弟脾氣暴躁，除了我之外，只怕無人能勸他停手。末將以為，不如讓雲長留下，末將隨大人一同前去如何？」

高飛道：「不！你留下，雲長隨我一起前去。玄德兄是個大才之人，處理城內事情必然比我更得心應手！雲長兄，我們走！」

「大人，我看不如就讓末將留下，讓我大哥隨大人一起……」關羽似乎體會到劉備的心情，抱拳道。

高飛未等關羽說完，呵斥道：「這是軍令！就這樣定了，再多言者，定斬不赦！」

劉備、關羽無奈之下，只好答道：「諾！末將遵命！」

高飛、關羽帶著一百輕騎朝西北方向的常山真定而去，只留下心裡老大不爽的劉備和盧橫、廖化等人。

盧橫見高飛、關羽等人快馬走了，拱手道：「劉軍侯，大人的意思已經很明白了，我們就隨同廖化等人一起進城打點一切吧！」

廖化道：「兩位大人請入城吧！」

劉備畢竟是高飛的下屬，不敢公然反抗上司，便扭轉身體，向盧橫、廖化等人抱拳道：「讓各位久等了，入城吧！」

高飛帶著關羽和一百騎兵疾速奔馳，雖然有點顛簸，但是絲毫不影響高飛喜悅的心情。

路上他見關羽的臉上有不喜之色，猜到是剛才他掃了劉備的面子，在暗中埋怨自己，便道：「雲長兄是不是在為剛才的事生我的氣？」

「末將不敢！」關羽冷淡的答道。

高飛笑道：「沒有什麼敢不敢的，我看得出來，剛才我確實有點不近人情。不過，請雲長兄想一想，當著那麼多人的面，我如果不那樣做的話，那些新降的黃巾黨日後又怎麼會受我的調遣呢？」

「末將明白！」關羽的回答依然很冷淡。

高飛尋思了一下，繼續說道：「雲長兄，你說能和翼德兄打到現在還沒有分出勝負的人，不知道比雲長兄如何？」

一聽到談論武力，關羽便來了精神，道：「這個嘛……其實我和三弟也未曾真正的對決過，所以不好評論。」

高飛「嗯」了一聲，道：「如今河北黃巾已經平定，等接應了翼德兄，我們回去痛痛快快的比試一次，較個高低，不知道雲長兄以為如何？」

關羽點點頭道：「大人，其實末將倒是很想和大人較量較量，當初見大人和三弟比試的時候，末將看出大人和三弟都沒有使出真正的實力，能和高手過招，未嘗不是人間一大快事啊！」

高飛允諾道：「那好，等回去咱們就比試比試，若有不足之處，還請雲長兄加以指點！」

關羽笑道：「大人客氣了。」

高飛聽到關羽笑了，當即道：「笑一笑十年少，雲長兄的笑容十分好看，以後還是多笑笑的好。」

關羽靦腆地道：「多謝大人讚賞！」

一行人繼續前行，一路上高飛和關羽有說有笑的，漸漸地解除了關羽剛才的不爽。

進入常山地界，在騎兵的帶領下，高飛等人進入一個山道，老遠便聽見張飛的暴喝聲以及兵器碰撞產生的聲音。

周倉站在山道上，眼睛聚精會神地盯著張飛和那個白袍少年的比鬥，絲毫不敢有任何分神，他今天總算見識到了什麼叫高手。

他正目不轉睛地看著前方，忽然聽到背後有人喊「大人來了」，急忙轉過身子，望見山道中的士兵閃開一條道路，高飛從路中走了出來。

他臉上一喜，急忙迎了上去，抱拳道：「屬下參見大人！」

高飛「嗯」了聲，走到最前面，看到張飛和一個白袍少年正在酣鬥，不足三丈寬的山道成了他們打鬥的場所，兩邊更是站著目瞪口呆的黃巾賊兵。

驕陽似火，張飛已經脫去了外衣，赤裸著上身，粗壯的手臂、健碩的胸膛、豐滿的腰部，都將他身上的每一寸肌肉展現出來，他全身青筋暴起，不時發出數聲如同滾雷般的大喝，身上也全是汗水。

高飛見那白袍少年身上的白袍已經被汗水緊緊地裹在身上，皮膚煞是白皙，身高八尺有餘，劍眉星目，猶如神來之筆的線條，將他的面部輪廓表現得幾近完美，英俊而不顯陰柔，陽剛而不顯粗鄙，恰到好處的肌肉更不顯突兀，端的是個美男子。

「**來人莫非常山趙子龍？**」高飛叫了聲，試探地道。

那人聽到有人喚出他的名字，大聲回應道：「正是在下！」

「果然是趙雲！太好了，哈哈哈！」高飛驚喜地高喊道：「停下！都停下！都是自己人，不要再打了！翼德、子龍都住手！」

高飛的喊聲在山道中迴蕩，可是正打得熱火朝天的張飛和趙雲卻沒有因為他的喊聲而住手，反而鬥得更加激烈了。

「大人，三弟好容易遇到一個對手，不分出個高低是絕對不會罷手的。」關羽雙目炯炯的盯著打鬥的張飛和趙雲，捋了捋鬍子對高飛道。

高飛急道：「**兩虎相爭，必有一傷**，再這樣打下去，只怕對他們兩個人都不利。雲長兄，你可有什麼辦法能讓他們分開嗎？」

關羽搖搖頭道：「三弟最聽大哥的話，如果大哥來的話，或許有辦法將其勸阻，可是現在大哥沒來，只能等三弟主動收手！」

高飛見張飛和趙雲打得難解難分，互相纏鬥在一起，而且槍矛相交時，還迸裂出些許火花，情急之下，不由分說用手中的遊龍槍攻向了離他最近的張飛。

張飛感到後方一股凌厲的寒意逼來，斜眼看見高飛的長槍迎面刺來，雖然只是長槍的柄端，但仍打亂了他的陣腳。他急忙用蛇矛擋住，兵器相交時發出一聲清脆的轟鳴聲，震得他雙手虎口微微發麻，硬生生地將他逼退了數步。

「你他娘的朝哪裡打？」張飛接連退後，心中氣憤不過，大喊了出來。

高飛不搭腔，長槍在腰間轉了一圈之後，槍尾的柄端橫掃向斜對面的趙雲，然後一連刺出了好幾槍，將疲憊不堪的趙雲給逼退開來。

張飛、趙雲四隻眼睛緊盯著站在他們中間的高飛，搞不清楚高飛到底在幫誰，同時叫道：「閃開！」

高飛橫槍站在原地，道：「二位暫且住手，且聽我一言！」

張飛暴喝道：「大人，俺還沒有和那小子分出勝負呢，你不要來攪局！」

高飛將手中的遊龍槍插在亂石堆裡，站直了身子，分別向著張飛、趙雲拱手道：「二位都是當世之英豪，你們從早上一直打到現在，仍是勝負未分，再繼續打下去，也不會有什麼結果，不如暫且停手，休息一番，日後再來比過！」

趙雲打量了一下高飛，見他身上穿著官軍的衣服，又見其他人對他很是恭敬，想必是他們的首領，便道：「在下趙雲，常山真定人，見過大人！」

高飛道：「不必多禮，你們的事，我都知道了，為了張寶的人頭，不值得如此爭鬥。以你們二人的身手，如果繼續鬥下去，只怕會兩敗俱傷。趙雲確實是殺了張寶，而若無張飛的苦苦追逐，張寶也不會逃到這裡來，以我看，你們二人都有功勞，不如就此罷手，跟我回去，功勞平分如何？」

趙雲向高飛拱手道：「這位大人，我並非是為了什麼功勞，我之所以殺張

寶，是因為我不想這夥黃巾賊逃到真定。既然這顆人頭是這黑漢子追擊了百里的功勞，看在大人的面上，我就將張寶的人頭奉還給這黑漢子。」

話音落下，趙雲從地上撿起張寶的人頭，用力拋給張飛。

張飛一伸手抓住張寶的人頭，哈哈大笑起來，將手中的人頭隨手扔在地上，道：「這顆頭顱不是俺砍下來的，俺老張不稀罕！不過你這小白臉的武藝實在是高，居然能和我不分勝負，俺叫張飛，字翼德，幽州涿郡人。」

趙雲也拱手道：「張兄弟好身手，今天能遇到像你這樣的高手，亦是三生有幸。」

高飛見張飛和趙雲並非真是為了一顆人頭而爭奪，只是因為兩人均看出對方身手的不凡，想借題發揮，試試對方的武藝而已，便笑了笑道：

「**不打不相識**，這也算是一種緣分。在下高飛，字子羽，涼州隴西人。既然大家那麼有緣，不如一起開懷暢飲一番。子龍兄，高某的軍營便在五十里外的下曲陽，不知子龍兄可否賞臉一敘？」

趙雲驚奇地道：「下曲陽？那裡不是賊兵的巢穴嗎？難道……你們已經平定了賊軍？」

高飛道：「正是！」

趙雲想了想，道：「好吧，我就隨你去下曲陽走一遭。」

高飛大喜，當即道：「趙兄請！」

關羽此時來到張飛的身邊，看了眼張飛，道：「三弟，你沒事吧？」

張飛搖搖頭，擦了擦臉上的汗水，道：「二哥，我能有什麼事？你不用操心了，大哥呢？」

「大哥留在城裡，既然沒事，那就好。」關羽看了眼走過來的趙雲，貼在張飛耳邊小聲問道：「三弟，趙雲的武功如何？」

張飛道：「槍法縝密，我與他鬥了三百餘招，居然毫無破綻。」

關羽嘿嘿一笑，當即走向前去，朝走來的趙雲自我介紹道：「在下關羽，字雲長，河東解良人。恰才在旁邊觀戰，見趙兄弟和我三弟鬥得不分勝負，惹得關某心裡癢癢，明日關某也想向趙兄弟討教兩招，不知趙兄弟意下如何？」

趙雲見關羽相貌不凡，儀表堂堂，心中生出幾分敬佩，當即道：「關兄有此意，我定當奉陪。」

高飛提著張寶的人頭來到三人的面前，將張寶的人頭塞進張飛的手裡，笑道：「翼德兄一心要殺張寶，今日總算如願以償了，如今黃巾賊已經平定，咱們也該好好的聚聚。」

張飛將手中的人頭遞到趙雲的手裡，爽快地道：「這顆頭是趙雲砍下來的，不是俺的功勞，俺不貪功，這顆頭就給你了！」

趙雲急忙推搡道：「不不，這是翼德兄百里追擊的功勞，我絕不敢受此功勞，何況我又不是官軍，不如給翼德兄好了，到時候得到了賞賜，請我喝兩碗酒就可以了。」

張飛擺手道：「俺說過，這不是俺砍下的，俺不能要，俺追擊百里又有個鳥用！」

關羽見張飛和趙雲互相推來推去，伸手抓住那顆人頭，笑吟吟道：「既然你們都不要，那就便宜關某吧，這顆人頭關某要了！」

「哈哈哈！」高飛、趙雲、張飛三人都笑了出來。

笑聲未落，周倉從一邊跑了過來，向高飛抱拳道：「大人，這些黃巾軍怎麼處理？」

高飛回頭看了眼靠在道路兩旁的黃巾軍士卒，對周倉道：「帶回下曲陽吧，他們這身衣服，走到哪裡都會被攻擊，不如就讓他們留在下曲陽，就地為農。」

周倉道：「屬下明白了，這就將他們帶回去。」

高飛對關羽、張飛、趙雲道：「時候不早了，還有五十里路要趕，只怕回到下曲陽也要天黑了，我們現在就上路吧！」

「諾！」

第六章

一將難求

高飛聽到這話，簡直是欣喜若狂，他本來就有意收服趙雲，讓他沒有想到的是，趙雲居然自己送上門來了，他急忙將趙雲給扶起來，道：「千軍易得，一將難求，今日能得子龍，縱使給我金山銀山，也絕對捨棄！」

一行人隨即乘著馬匹返回下曲陽，一路上，張飛對趙雲是讚不絕口，趙雲對張飛也是心生佩服，不禁產生了惺惺相惜的情愫。

高飛和關羽並排騎著馬，看到背後的張飛、趙雲滔滔不絕地聊著打鬥時的驚險，二人都露出了笑容。

「雲長兄，你看趙雲如何？」高飛閒來無聊，想想還有那麼長的路要趕，便借機向關羽問道。

關羽捋了捋鬍鬚，笑道：「槍法精湛，英俊瀟灑，當是世之猛將。」

高飛「嗯」了聲，道：「你覺得我應該怎麼樣讓趙雲成為我的麾下呢？」

關羽怔了一下，吞吞吐吐地道：「這個嘛……末將不知道該如何做……大人，你是想收服趙雲？」

高飛肯定地道：「對，我想讓他成為我的屬下！」

關羽腦中尋思道：「趙雲有著和三弟一樣矯健的身手，大哥要是見了趙雲，也必然歡喜……可惜高飛已經有收服趙雲的心思，君子不奪人之美，只怕大哥以後要少一個好幫手了。哎！**大哥啊大哥，你身上流著的漢室血統什麼時候才能幫你成就一番大業啊！**」

高飛見關羽沒有回答，一副若有所思的樣子，便沒有打擾他。過了好一會兒，才道：「雲長兄，你可否有中意的姑娘？」

關羽笑笑，反問道：「大人怎麼突然問起這個了？」

高飛道：「沒什麼，隨便問問，雲長兄要是不願意說就算了。」

關羽道：「說也無妨，反正是過去的事了……」

一路上，高飛便聽關羽講著以前的事，張飛和趙雲則互相談著武學之道，就這樣回到了下曲陽。

下曲陽城燈火通明，城樓上的大旗被風吹得呼呼作響，城頭上的守衛看到高飛從夜色中帶回一撥騎兵時，立刻打開城門。

「末將參見大人！」劉備迎了出來。

高飛翻身下馬，擺手道：「不用多禮，城內局勢如何？」

「城內已經被控制住，那些黃巾黨多數都有歸附之心，加上廖化等人從中協助，並沒有發生什麼抵觸。」

劉備看了眼高飛身後的趙雲，見趙雲英武不凡，問道，「大人，這位壯士是……」

未等高飛回答，趙雲先向前抱拳道：「在下常山趙子龍，見過這位大人！」

「可是與我三弟對戰不下的好漢嗎？」劉備問。

趙雲微微欠身，道：「正是在下！」

劉備聽到趙雲的回答，眼裡閃過一絲異樣的光芒，當即抱拳道：「在下涿郡劉備，字玄德！」

趙雲歡喜地道：「原來閣下就是劉玄德啊，我路上聽翼德兄說起過你們桃園結義的事，今日一見，果然是英雄不凡，失敬失敬！」

劉備道：「英雄二字不敢當，在下不過一介武夫而已……」

高飛見劉備和趙雲如此聊著，心中十分不爽，當即打斷劉備的話，道：「這裡不是說話的地方，今日我們大破黃巾，是個值得慶祝的日子，子龍，你是我今天請來的貴客，請隨我一起入城吧！」

趙雲答道：「那就恭敬不如從命了！」

高飛一把抓住趙雲的手，將趙雲帶入城裡，也不管別人怎麼看，大搖大擺地從眾人面前經過。

趙雲先是吃了一驚，目光打量著列隊在兩邊軍容整齊的士兵，心中想道：「沒想到高大人對我如此重視……」

劉備看著離去的高飛和趙雲的背影，輕輕嘆了口氣。

關羽、張飛二人來到劉備的身邊，喚道：「大哥，我們進城吧！」

劉備點點頭，臉上突然露出喜悅之情，一把拉住關羽、張飛的手臂，朗聲道：「二弟、三弟，咱們一起入城！」

關羽、張飛沒能夠體會到劉備心裡的微妙變化，兩人見劉備笑了，也跟著笑了，和劉備並肩入了城。

劉備手握著關羽、張飛的手臂，心道：「我有雲長、翼德這樣的兄弟，夫復何求？」

眾人陸續進城，高飛帶趙雲來到縣衙，縣衙裡是一派熱火朝天，士兵們正忙著搬運各種物件，見到高飛來了，紛紛放下手中的工作，齊聲拜道：「參見大人！」

高飛擺擺手，示意他們免禮，同時問道：「是誰讓你們搬運這些桌椅板凳的？」

「回大人話，是費屯長命令我等搬運的，費屯長說等大人回來了，就在縣衙裡擺慶功宴，讓我們先將桌椅擺好，等大人一回來就可以開席了。」一個士兵回答道。

高飛道：「好，你們繼續搬吧，去個人，將費安叫來。」

「諾！」

進了縣衙大廳，大廳裡的擺設雖然簡陋，但很有規矩，高飛和趙雲分賓主而坐，才剛坐定，便見費安從外面趕了過來。

「屬下參見大人！」費安一進大廳便抱拳道。

「免禮！」高飛抬了一下手，對費安道，「坐吧！」

「屬下不敢！」費安依然站在原地，一動不動，拱手道：「大人，屬下未經大人應允，擅自安排下了慶功宴用的酒席，還請大人責罰！」

「這件事你做得不錯，今天我們平定了黃巾，本就是個歡喜的日子，我在外未歸，你能想到這一層，很是不錯。」

高飛說到這裡停頓了一下，見費安臉上露出喜悅，突然轉換了口氣，厲聲道：「你雖然是我親自提拔的心腹，可是你今天做這件事卻超越了你的許可權，**你未經我的授權，便擅自下達命令，該當何罪？**」

費安聽到如此嚴厲的話劈頭蓋臉般的襲來，本來還在暗自高興自己做對了事，急忙跪在地上，道：「屬下知罪，請大人責罰！」

高飛道：「你起來吧，念在你是初犯，姑且不予追究。不過，要是再有這樣的事，定當重罰！」

「多謝大人，多謝大人，屬下以後不敢了……不，沒有以後了，只此一次！」費安急忙拜道。

高飛道：「盧橫呢？」

「盧軍侯在廖化等人的陪同下在清點府庫。」

「好了，你下去吧，通知各個軍侯、屯長，半個時辰後在縣衙擺慶功宴，另外準備一些酒肉好好地犒賞一下士兵，那些黃巾百姓也不可怠慢。」

費安道：「屬下明白，屬下這就去辦理，屬下告退！」

趙雲坐在大廳裡，看著高飛的一舉一動，見高飛對費安恩威並用，忍不住道：「大人處理事情的方式很是獨特，對下屬不僅愛惜，更有威嚴，在下佩服之至。」

高飛笑道：「他是我最近才提拔的一個心腹，或許是因為太想表現自己的能力，才做出這種逾越許可權的事情，雖然他做得不錯，可是如果不加以管理的話，日後必然會得寸進尺。我之所以這樣做，無非是想提醒他一下，給他一個警告，讓他以後做事的時候不至於太過出格，讓子龍兄見笑了！」

趙雲道：「在下以為，大人做得很對，大人能防範於未然，實令在下佩服。」

「子龍兄過獎了！」高飛笑道：「對了子龍兄，我這個人一向愛惜人才，可惜手底下並沒有像子龍兄一樣出色的將領，不知道子龍兄是否有意加入官軍，為我效勞？」

趙雲的臉上顯現出一絲驚喜，當即站了起來，抱拳半跪道：「大人，在下此次來下曲陽，就是奔著大人來的，大人廣宗一戰，斬殺了賊首張角，從廣宗一路殺到下曲陽，連破黃巾賊，在下空有一身武藝，卻沒有報國的門路，今日若有幸能成為大人的屬下，子龍三生有幸。大人在上，請受屬下一拜！」

高飛聽到這話，簡直是欣喜若狂，他本來就有意收服趙雲，讓他沒有想到的是，趙雲居然自己送上門來了，他急忙將趙雲給扶起來，道：「千軍易得，一將難求，今日能得子龍，縱使給我金山銀山，也絕對捨棄！」

趙雲也歡喜地道：「今日能跟隨大人，也是子龍的福分，縱使上刀山下火海，子龍也絕不背離！」

高飛拉著趙雲坐了下來，緊緊地握著趙雲的手，喜悅地道：「子龍，我只是一個小小的前軍司馬，我斬殺張角的事，外面無從知道，天下皆以為是盧植的功勞，你又是如何得知的呢？」

趙雲笑道：「大人，在下有一同鄉在大人軍中，我是從他口中得知的。」

「同鄉？」

「對，他叫**夏侯蘭**，黃巾起義時便參加了官軍，當時我因為母親無人照料，所以未曾及時參軍。前些天我已經將母親託付給鄉里，恰巧接到夏侯蘭的書信，上面說他是大人的部下，親眼見大人斬殺了張角、張梁，說大人是他所見過最英勇的人，我這才從家裡出來，一路朝下曲陽而來，想投靠大人。」

高飛聽後，尋思和趙雲初次相見時的場景，心中暗道：「**君擇臣，臣又何嘗不是在選擇君主呢**，看來，趙雲一直是深藏不露，暗中在考察我，還好我表現得不錯，不然，趙雲又怎麼肯投靠於我呢？能親眼見我斬殺張角的人，只有當時我帶的那二十個騎兵，看來夏侯蘭必定是那些騎兵中的一個。夏侯蘭雖然比不上趙雲優秀，但是因為他才使趙雲來投靠我，何況我現在正是用人之際，多收攬一個人才，便多一份力量。」

「子龍兄，我這就讓人叫夏侯蘭來，讓你們歡聚一下，如何？」

「多謝大人成全！」

高飛當即讓人去軍中找來夏侯蘭。

夏侯蘭個頭不是很高，大約一米六八左右，身體瘦弱，但是天庭飽滿，一雙眸子也是閃爍著精明。

他一進大廳，便看見趙雲在座，臉上現出驚喜，但未忘卻自己的身分，向高飛拜道：「小的夏侯蘭參見大人！」

高飛打量了一番夏侯蘭，問道：「你現在還是個伍長？」

夏侯蘭答道：「是的大人！」

「夏侯蘭，趙雲就在你的眼前，想必你們不陌生吧，他如今已經成為我的屬下，說起來這裡面還有你的一份功勞。如今我正是用人之際，你就調到我的親兵營裡，擔任親兵隊長一職如何？」

夏侯蘭歡喜地道：「多謝大人提拔，小的沒齒不忘！」

高飛笑了笑，轉頭對趙雲道：「子龍，你雖然剛來，但是你斬殺張寶有功，不如就暫時當個軍侯吧。」

趙雲推辭道：「大人的美意，屬下心領了，只是這斬殺張寶的功勞並不是我的，而是張飛一路追殺的結果，我初來乍到的，如果一開始便擔任軍侯一職，恐怕會惹人非議。我願意從大人手下的一個馬前卒做起，只要能跟隨大人左右，我就心滿意足了。」

高飛搖搖頭道：「不行不行，以你的身手，做個步卒太過可惜了，張飛雖然追逐了張寶百餘里，但是斬殺張寶的人是你，這份功勞我不會隱匿的……不過，你說得也確實有點道理，不如這樣吧，你暫時和夏侯蘭一起出任我的親兵隊長一職，你覺得如何？」

趙雲支支吾吾地道：「這個嘛……」

夏侯蘭當即打斷趙雲的話，道：「趙子龍，還不快謝謝大人的提拔？」

趙雲看了眼夏侯蘭，見他朝自己使了個眼色，高飛又是一臉的期待，當即拱手道：「既然大人如此厚愛，那子龍就恭敬不如從命了！」

高飛哈哈笑了起來，一把將趙雲攬在了臂彎裡。

大廳裡歡聲笑語，大廳外也是酒肉飄香，士兵們紛紛端上來酒肉，大廳前面的空地上擺滿了桌椅。過了沒一會兒，漢軍中的軍侯、屯長全部到齊，連同投降來的廖化、裴元紹、卞喜一起來到縣衙。

眾人在盧橫的帶領下，向高飛拜道：「參見大人！」

高飛歡喜不已，朝向眾人道：「如今河北黃巾已定，大家功不可沒，今日是大喜的日子，我又得到趙雲、夏侯蘭這兩位人才，喜上加喜，大家一起入席，開懷暢飲吧。」

「諾！」

高飛一手拉著趙雲，另一隻手拉著夏侯蘭，邊上環坐著劉備、關羽、張飛、周倉、盧橫、管亥、廖化、卞喜、裴元紹、費安等人，在他一聲「乾杯」後，大家共同舉杯。

一杯酒下肚，劉備看了看坐在斜對面的趙雲，心中卻不勝傷感，想道：「河北黃巾平定，張角兄弟三人盡皆戰死，黃巾軍大勢已去，朝廷定然會頒下嘉獎，到時候也是我該帶著雲長和翼德離開高飛，獨自闖蕩的時候了！」

慶功宴上，高飛喝了多少，他已經不記得了，直到最後他感到頭暈眼花，一閉眼便什麼都不知道了。

再次睜開眼時，已經是第二天的晌午了，心道：「哎，以後絕不能如此貪杯了！」

穿上衣服，打開房門，趙雲居然站在門外。

「大人，你醒了？」趙雲欠身道。

高飛看趙雲眼袋發烏，眼裡更是布滿了血絲，不禁問道：「子龍，你……你在我的門外守了一夜？」

趙雲道：「為大人效勞，這是應該的。」

「其他人呢？你一個堂堂的親兵隊長，居然親自來值勤，那些親兵們也太不像話了！」高飛怒道。

趙雲笑道：「大人，不怪那些人，是屬下自己要來替大人守夜的，昨夜大家都太高興了，以至於許多人喝得酩酊大醉。守城的士卒也都醉了，屬下怕出現什麼意外，便讓他們替那些守城的將士們值勤去了，大人這裡由屬下親自守護。」

「子龍忠肝義膽，果真是一個不可多得的人才，如今天亮了，想必其他人都酒醒了，你去休息吧！」

「諾！那屬下告退！」

高飛看著趙雲的背影，感嘆道：「趙雲真是個敬業的好員工，要是我的屬下人人都能像他一樣，那該有多好啊。」

來到縣衙大廳，一些士兵正在清掃昨夜慶功宴上留下的狼藉，盧橫帶著廖化、裴元紹、卞喜三個人興高采烈地走了過來，高飛問道：「什麼事情讓你們如此開心？」

盧橫四人齊聲道：「屬下參見大人！」

高飛道：「不必多禮，你們來得正好，我正要去找你們呢，昨夜因為天色已經晚了，又有慶功宴的事，我找不出機會問一下城內的具體情況，你們都隨我進來吧！」

眾人來到大廳，高飛端坐在上首，示意道：「都坐下吧，這裡沒有外人，都是自家兄弟！」

廖化、裴元紹、卞喜三人聽高飛稱他們為兄弟，都感激不已，便和盧橫分別坐了下來，齊聲拜道：「多謝大人！」

高飛道：「從今以後，你們就都是我的心腹了，在外人面前我是你們的大人，在咱們自己人面前，你們就不必如此客氣了。」

「諾！」

「盧橫，昨天是你清點下曲陽的府庫吧？」高飛言歸正傳，開門見山地問道。

盧橫點點頭道：「是的，大人，屬下在廖化的幫助下清點的。」

高飛問：「清點的如何？」

盧橫道：「已經清點清楚了，下曲陽城裡一共有十三萬六千八百口人，府庫裡有賊首張寶從四處搶掠而來的糧食，將近二十萬石，足夠城中百姓食用一年的。另外，府庫裡還有一些金銀珠寶，屬下粗略的統計了一下，大約有黃金一千斤，白銀五百斤，其他的珠寶手勢大約值五百萬錢。」

「嗯，收穫頗豐，不過這些東西都要好生看管，尤其是糧食，要挨家挨戶的將糧食分發下去，讓他們回歸到土地上，經過這樣的一次大動亂，城外的土地到處荒蕪，如果長此下去，哪裡還能吃到糧食啊！至於那些金銀嘛，拿出來一點犒賞征戰有功的士卒，其餘的暫時收起來。」高飛滿意地道。

盧橫道：「屬下明白！」

「廖化、裴元紹、卞喜，你們三個人就留在軍隊裡吧，從今天起，你們就是我手下的軍侯了，只要你們跟隨我，好處自然少不了你們的，不僅可以洗脫了你們身上背負的叛賊罵名，還可以繼續建功立業。」

廖化、裴元紹、卞喜三人都異口同聲地道：「多謝大人厚愛，我等必定忠心耿耿的跟隨在大人左右，至死不渝。」

高飛道：「嗯，從此以後我不負你們，也希望你們不要負我！好了，裴元紹、卞喜，你們兩個去費安那裡要三套官軍的衣服，換掉你們身上的這身衣服，廖化和盧橫留下，我有事情要和你們商量。」

「諾！屬下告退！」裴元紹、卞喜退出大廳。

「元檢，因為有你的協助，使得我不費吹灰之力便拿下了下曲陽，我先讓你在我的手下當個軍侯，等我將捷報寫好，送達朝廷後，朝廷必有封賞，我再提拔你。」高飛走到廖化身邊，拍了拍他的肩膀，以示器重。

廖化起身拜道：「多謝大人厚愛，屬下既然投靠了大人，而且大人又拿我當心腹，屬下已經沒有什麼遺憾了，至於官職大小，對屬下來說都不重要，只要能讓屬下跟隨在大人身邊，屬下便心滿意足了。」

「有你這句話就夠了，我不會虧待我的任何一個屬下的。我見你為人機智，談吐也不俗，你應該讀過書吧？」高飛笑道。

廖化道：「讀過，屬下是襄陽人，少時讀過幾年書。」

「那你會寫字吧？」

「會是會寫，只是寫得不好，怕寫出來讓大人見笑。」

「不妨事，會寫就成。」高飛轉對盧橫道：「軍中可有紙筆？」

盧橫道：「有，大人要寫捷報嗎？」

高飛點點頭，他見盧橫雖然每次都能猜測到他的意思，卻從來不逾越職權，和費安比較起來，盧橫顯得更沉穩持重，這也是兩人之間的區別，因此相較之下，他更喜歡盧橫。

費安有些時候機靈過頭了，這種人往往會在關鍵時候出紕漏，然而他手下缺少真心實意對他的人，便將就著用，他已經給費安打過預防針，至少短時間內應該不會再讓他擔心了。

「大人稍等，屬下去去就來！」

盧橫再次回來的時候，手裡多了筆墨紙硯，徑直走到大廳的一張几案邊，將筆墨紙硯放在案上，研好墨，紙張攤開，毛筆蘸上墨水，對高飛道：「大人請執筆！」

高飛怔了一下，他哪裡會寫什麼毛筆字，擺擺手，對盧橫道：「給廖化！」

廖化也是吃了一驚，驚呼道：「我？我……屬下怎麼能代大人執筆呢？」

「有什麼不可以的，我說你寫！」

盧橫微微側身，將毛筆遞給廖化，道：「大人的話就是命令，照辦吧！」

廖化顫巍巍的接過毛筆，苦笑道：「許久沒寫過字了，怕是生疏了，何況這是捷報，是要給朝廷看的，屬下只怕寫的字會特別潦草……」

「好了好了，醜媳婦總是要見公婆的，將就著寫吧，朝廷的那些文人墨客想必也都知道，咱們武人的字能好到哪裡去？放心寫！」

廖化猶豫了一下，道：「大人，聽說劉備曾是中郎將盧大人的門生，必然會寫的一手好字，不如……」

「嗯哼！」盧橫輕聲咳嗽了一下，伸手拉了拉廖化的衣角。

廖化覺察到了什麼，急忙轉變口氣，道：「大人的吩咐屬下不敢違抗，請大人口述，屬下開筆書寫便是！」

高飛自然知道劉備、關羽、張飛三人都會寫字，但是他並不想讓他們三個中的任何一個知道捷報的事。

他見廖化答應下來，便模仿著古代之乎者也的文言文說了一番，並且將趙雲、盧橫、周倉、管亥、廖化、裴元紹、卞喜、費安、夏侯蘭的名字均列入殺敵斬將的有功部將名單裡，獨獨沒有列出劉備、關羽、張飛三個人的名字。

廖化的字並沒有他想的那麼糟糕，是規規矩矩的方塊字。

廖化寫完最後一個字，放下手中的筆，用嘴朝著紙張上面吹了一口氣，又細細地看了一遍，沒有發現什麼錯別字，便道：「大人，已經寫好了，請過目，只是……」

「但說無妨！」

「劉備、關羽、張飛三個人都頗有功勞，大人真的隱匿不報嗎？」

「大膽！」盧橫喝道：「大人該如何做，還用你教嗎？」

「屬下該死，屬下不該多嘴，請大人責罰！」廖化急忙跪在地上，叩頭道。

高飛將廖化扶了起來，笑道：「你別怪盧橫，他也是為了我著想。不過，我想你也該明白我這樣做的意思，劉備絕不會個久居人下的人，他和他的兩個結義兄弟各有各的長處，萬一朝廷給予他們賞賜，讓他們做個縣令縣尉的，劉備必然會離我而去。我愛惜人才，不想讓他們離去，只能出此下策，我的苦心，你能明白嗎？」

廖化重重地點點頭，答道：「屬下明白了，此事屬下保證守口如瓶，絕對不會洩露出去。」

高飛道：「嗯，你能明白其中的利害關係，也不枉我拿你當心腹了。」

「大人能對屬下開誠佈公，說明大人對屬下信任有加，大人對屬下如此厚愛，屬下又怎麼會對大人不忠呢？」廖化欠身道。

高飛露出滿意的笑容，對盧橫道：「將捷報裱起來，派斥候快馬送到洛陽。」

盧橫遲疑道：「大人，不經過中郎將大人嗎？」

高飛道：「如果經過盧植的話，只怕功勞會落入盧植的名頭上。我之所以要獨自領兵在外，為的就是能夠從盧植的手底下脫穎而出，不再以部將的姿態出現。」

盧橫道：「大人高明，不過屬下以為，這捷報還是要遲幾天再發出去。」

「這是為何？」高飛好奇地道。

盧橫道：「大人，即使捷報送達朝廷，也不一定能得到豐厚的賞賜，因為**朝中的官職都要經過十常侍**，沒有給與他們一定的好處，縱使像大人如此重大的功勞，最多不過是得到一個縣尉而已。屬下聽說**黃門侍郎左豐代替陛下巡遊到了河**

北，想必已經到盧植大人的軍中，如果大人能把握好這個機會的話，也許能夠獲得高官。」

高飛嘿嘿笑道：「嗯，那就照你的意思辦，以盧植的性格，他是絕對不會給左豐任何好處的，這樣一來，就可以便宜我了。這份捷報派人送到廣宗吧，下曲陽一經平定，盧植必然會帶著左豐來此巡遊，炫耀功績。廖化，你去將府庫的金銀挪出來一半，高官厚祿就看這次機會了。」

「諾！屬下明白！」

高飛重新讓廖化寫了一份捷報，只是簡單地寫上「賊已破，黃巾皆平，速請大人到下曲陽主持軍務」這些字，然後派人帶著這份捷報火速送往在廣宗的盧植那裡，並且將之前所寫的捷報給焚毀了。

之後的幾天時間裡，都很平靜。高飛駐守在下曲陽城裡，一邊派人安撫那些投降的黃巾黨，一邊等待廣宗方面的消息，在這樣一個沒有電腦、電視和手機的環境裡，日子過得相當的無聊。

這天早上，高飛剛從床上爬起來，便發現外面的天空灰濛濛的，下曲陽城上的漢軍大旗被狂風吹得呼呼作響，不一會兒，一道閃電從烏雲密布的天空中劈了下來，緊接著便是轟隆隆一聲滾雷的響聲，接著便落下淅淅瀝瀝的雨點，雨點逐漸密集起來，猶如傾盆倒下，形成一道雨簾。

「久旱逢甘霖，也是時候下場大雨了！」高飛看完這突然變化的天氣後，自言自語道。

對站立身後的趙雲道：「子龍，今天是什麼日子？」

「啟稟大人，今天是八月初一。」趙雲道：「大人，這狂風暴雨的，還是到屋內歇息吧。」

高飛點點頭，向前挪移著步子，邊走邊道：「子龍，捷報是什麼時候送出去的？」

趙雲道：「三天前，七月二十八，慶功宴的第二天。」

「三天？這時候應該已經到廣宗了。等大雨停了，我準備把劉備、關羽、張飛他們都叫來，咱們過過招，要不然這樣乾等下去，實在太無聊了，你覺得怎麼樣？」

「大人這個想法不錯，自從上次和張飛對戰數百招之後，我一直意猶未盡，難得遇見這樣一個罕見的對手，彼此切磋切磋也是應該的。更何況，聽張飛說，他的二哥關羽也是個萬人敵，刀法精湛，我也想領教領教。」趙雲期待地道。

「子龍，反正現在無聊，這雨一時半會兒也停不了，你是用槍的好手，我有一套槍法，想請你指點指點。」

「在……在這裡？」

高飛點點頭，道：「對，這個大廳還算寬敞，只要將這些擺設挪開便可以了。」

高飛和趙雲挪開擺設，將大廳空出可以耍槍弄棒的空間，又讓人去房裡拿來他的遊龍槍，當即便施展起來，趙雲則在一邊仔細看著，高飛一耍到精彩的地方，趙雲便會高呼吶喊。

等高飛一整套槍法耍完之後，趙雲評論道：「單從這套槍法來看，大人的武藝也頗為高強，但是這套槍法中還有幾處不足的地方，似乎還遺漏了幾招，顯然大人這套槍法並沒有學完，這就大大的限制了大人在武藝上的修為。」

高飛聽完，點點頭，他回想起腦海裡那個蒙著臉教授他槍法的人，記憶中確實是少了幾招，道：「沒想到你的眼睛如此銳利，這都被你看出來了。可惜那個教我槍法的人後來便不再出現了，從此一去無蹤跡，我也不知道該到哪裡去找他。」

趙雲道：「大人這套槍法威猛剛勁，即使是少了那幾招，也一樣能馳騁疆場，一般人能在大人手下走上十幾招，都算是厲害的了，不過嘛……」

「但說無妨！」

「不過大人要是遇到了真正的高手，往往會成為大人致命的弱點。」

「可有補救的方法嗎？」

「如果大人將那最後幾招學完，估計在武學修為上會上一個新的臺階。大人，屬下的槍法和大人的是完全不同的路數，所以也無法指導，只是看出了其中不足之處。但屬下聽說大人曾與張飛纏鬥五十多招勝負未分，張飛是屬下近幾年見到的真正的高手，由此可見，大人的武藝也絕非一般人可比，屬下的謬論還請大人不要放在心上。」

高飛知道這是趙雲在安慰他，如果真的打鬥起來，只怕他還是要敗給張飛的，畢竟他少了最後那幾招槍法，施展起來未免有點不夠酣暢淋漓。

他笑了笑，對趙雲道：「子龍，取你的望月槍來，我們二人切磋切磋如何？」

趙雲惟命是從，當即和高飛在大廳裡纏鬥起來。

他出招的時候怕傷到高飛，所以每到險要的時候，都會暗留三分力。高飛也不傻，自然能夠感覺的出來，只是他並不說出來罷了。

大雨下了一整天，院子裡積滿了水，得到雨水滋潤的大地變得泥濘不堪，古代那種沒有任何鋪墊的道路立刻變成了一片汪洋的澤國。

第二天太陽出來後，經過一天的日曬，將地面漸漸地烘乾，高飛實在閒得無聊，便將手下的人全部叫到了一起，聚集在校場上，大家互相比試一下身手，切磋切磋武藝，好打發時間。

之後的三天時間裡，城中沒有什麼大事，高飛便和劉備、關羽、張飛等人互相過招，不僅讓自己在對戰的時候有了很多的實際經驗，還舉行了幾次馬戰，讓他的馬術也更加嫻熟起來。

第四天，盧植帶著一隊親兵，陪同朝廷裡的黃門侍郎左豐來到了下曲陽。高飛便吩咐擅長廚藝的裴元紹去做一桌好菜，給左豐接風洗塵。

高飛親自在城門口將盧植、左豐迎入縣衙，低頭哈腰地巴結著這個從朝廷來的貴客。

進了縣衙，桌上已經擺好酒菜，陣陣飄香，將遠道而來饑腸轆轆的盧植和左豐的五臟廟給勾引了起來。

三人坐下之後，左豐摸著他的大肚腩，露出貪婪之色，道：「哎呀，都說當兵的苦，如今看到高司馬這桌酒席，我才知道當兵的人其實一點都不苦，相反，還能撈到許多錢財。中郎將大人，你說是吧？」

高飛見盧植臉上不時露出不屑之色，彷彿恥於和左豐這類的貪婪小人同坐一席。聽到左豐的話，更是冷哼一聲，端起面前的酒一飲而盡。

高飛察言觀色，見左豐對盧植也有幾分怨氣，他猜測大概是左豐在廣宗沒有從盧植身上討到什麼好處，因而一臉的不爽，便急忙站起身來，先給左豐斟滿了酒，然後又給盧植斟滿了酒，緩頰道：

「二位大人遠道而來，一路上定然很辛苦，這桌酒席是我親自請來方圓百里內最有名的廚子做的菜，還請二位大人好好品嘗。」

左豐聽到高飛如此客氣，便拿起面前長長的箸（作者按：即筷子，漢時稱箸，為不引起視力不暢，下文皆稱筷子。）朗聲道：「既然是方圓百里內最好的廚子，那我倒要嘗嘗這味道如何，不知道能不能比得上京城『白雲閣』的廚子。」

說完，左豐便提起手中的筷子，夾了一塊香噴噴的五花肉，放進嘴裡嚼了嚼，然後一本正經地道：「油而不膩，味道不錯，但是與『白雲閣』的菜肴比起來遜色了許多。不過在下曲陽這麼一個不起眼的地方，居然能找到這樣的廚子，也算是不錯了。」

高飛諂媚道：「大人說得是，這裡荒山野嶺的，怎麼能跟京城比呢？小的知道大人到來，就連大人住宿的地方，我也讓人精心安排了一番，希望不至於讓大人掃興。」

左豐見高飛年紀輕輕就如此懂得禮儀，讚許地道：「你倒很會說話……」

「哼！」盧植輕咳了一聲，目光裡對左豐充滿了蔑視，不滿地對高飛道：「子羽，左大人有手有腳，你又不是他的奴僕，何必如此伺候他？豈不是丟了我們軍人的顏面？」

「盧子幹！你這話是什麼意思？」左豐怒道。

盧植道：「沒什麼意思！」

左豐「哼」了聲，站起身，冷聲問道：「我的住處何在？」

高飛當即叫來夏侯蘭，吩咐道：「帶左大人回房歇息，另外吩咐裴元紹，讓他做一份佳餚送到左大人房間！」

「諾！」

左豐用陰毒的目光狠狠地剜了盧植一眼，拂袖離開。盧植也毫不示弱，狠狠地回瞪著左豐。

等左豐離開後，盧植便對高飛叫道：「高飛！你怎麼能自降身價去伺候這樣一個貪婪的小人？」

高飛道：「大人息怒，我之所以這樣做，不都是為了大人嗎？前幾天我派去給大人送捷報的人回來，告知我關於大人和左豐之間的事，左豐是個小人，既然向大人收取賄賂，大人又何必跟他一般見識呢，弄點金子打發了也就是了……」

未等高飛說完，盧植便劈頭罵道：「我一個錢都不會給他！我指揮士兵在前線打仗，平定黃巾是天日昭昭的功勞，憑什麼要我去巴結一個黃門侍郎？子羽，我奉勸你一句，跟這種人沒有什麼好商量的，最好也不要打什麼交道。今日本將累了，暫且這樣吧，我見你在下曲陽處理事情得心應手，也不用我操心了，明日我就回廣宗！」

盧植轉身便要走，剛邁出一步，又停了下來，道：「對了，廣宗之戰，你斬殺張角有功，朝廷已經頒下嘉獎的命令，賞賜你一千斤黃金，暫時在我那裡放著，等你回到廣宗，到我那裡來領取！」

高飛「諾」了一聲，當即朝外面站著的趙雲叫道：「子龍，送盧大人回房！」

高飛看了眼這桌酒菜，想想也不能糟蹋了，便將守在門外的親兵們全都叫了進來，指著那桌酒席，對那些親兵道：「一直以來，你們跟隨在我的左右，為我站崗守夜，都辛苦了，我因為軍務繁忙，沒能及時犒勞你們，今天這桌酒席就權當是慰問你們吧。」

親兵們齊聲道：「多謝大人犒賞，我等以後必定鞍前馬後的伺候大人！」

高飛離開大廳，朝縣衙後面一處別院走了過去，那裡是他特地給左豐準備的住處，見夏侯蘭剛從門裡出來，小聲問道：「酒菜都端進去了嗎？」

夏侯蘭道：「大人交代的事，屬下都辦妥了，酒菜已經端進去，左大人正在吃喝呢。」

「讓廖化、盧橫將準備好的東西抬過來！」高飛吩咐道。

「是，大人，屬下這就去通知廖軍侯和盧軍侯。」

高飛整理了一下衣甲，走到門前，在門上敲了敲，喊道：「左大人，下官高飛求見！」

「高飛？你有什麼事嗎？要是為了盧植的事，就請回去吧！」

高飛道：「大人放心，是我自己的私事！」

一會兒，左豐將房門打開，「既然是私事，那就請進來談吧！」

第七章

人各有志

高飛笑道：「人各有志，劉備又是個胸懷大志的人，就算勉強留下了，早晚有一天還是要離開的，長痛不如短痛，以後天各一方，再遇見也不知道是驢年馬月了。盧橫，你再去挑選四十一個親隨，我們收拾一下，這就上路吧。」

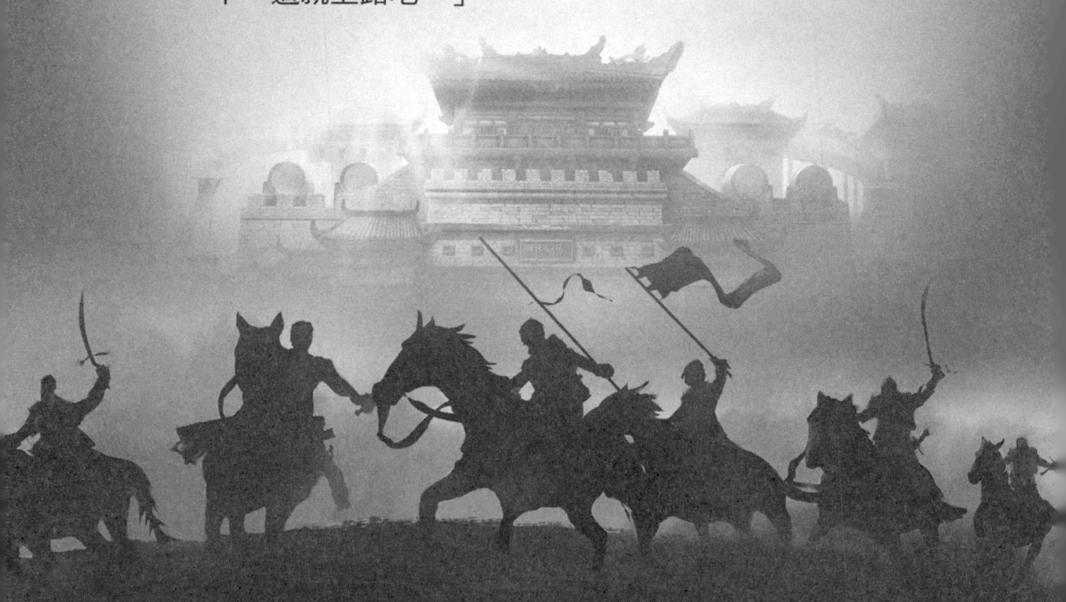

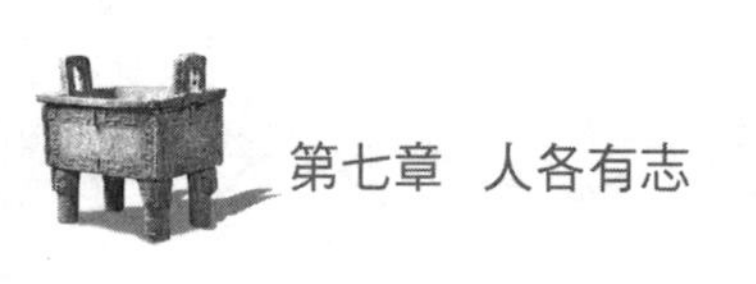

進了門，高飛還沒來得及開口，便聽左豐問道：「高司馬是哪裡人士？」

高飛答道：「涼州隴西人。」

「隴西可是個好地方，據我所知，高司馬是從羽林郎裡調出來的吧？」

「大人明察秋毫，下官佩服。」

左豐打量了下高飛，嘖嘖道：「羽林郎出身的你，居然只甘心當盧植手下的一個前軍司馬？真是可惜了你的大好前程啊！」

「大人說得是，所以下官這才私下來找大人。下官知道大人神通廣大，想向大人求個功名。」

左豐嘿嘿笑道：「你果然是個明白人，不像盧植那老傢伙，一身的酸臭味，簡直是迂腐到家了。就算他平定了這河北的黃巾賊，沒有我在陛下面前美言幾句，他也休想獲得高官厚祿。哼！越想越來氣，這個不識時務的老傢伙！」

高飛急道：「大人息怒，大人犯不著為了盧植這個老傢伙動怒，氣壞了身體，就算下官有心想替大人承受，可也無能為力，這罪還不是大人一個人受嗎？」

左豐眼裡透出一絲狡黠，陰笑道：「沒想到你年紀輕輕的，居然這麼識時務，咱們都是明白人，我也就不和你打哈哈了，直說吧，你是不是想求個高官？」

高飛笑笑，走到左豐的背後，伸出手給左豐的肩膀按摩了幾下，道：「下官出身低微，高官恐怕沒有那個福分，下官只想求個一郡太守，還請大人行個方便。」

「太守？哈哈，你也太沒有大志了吧？我還以為你會向我求個三公九卿之類的官呢，沒想到居然是個小小的太守。這一路我也都聽說了，盧植之所以能勢如破竹的平定河北的黃巾賊，多數都是你的功勞，以你的功勞，當個州牧是絕對沒有問題的。你在朝中可有什麼門路嗎？」

高飛憾恨道：「下官並無門路，所以這才來找大人，請大人替下官疏通疏通。」

「嗯，你算是找對人了，不過嘛，這層層關係都要打通，一個州牧也是非同小可，這錢的方面嘛……」

「大人放心，小的早已準備好了。」高飛見門外人影晃動，便朝門外喊道：「抬進來！」

房門吱呀一聲開了，盧橫、廖化抬著一個沉甸甸的大箱子，將木箱放在地上，打開木箱，裡面裝著滿滿一箱子的金銀珠寶。

左豐露出貪婪的目光，閉上了眼，不屑地道：「就這些？」

高飛想想以後的前途可是在面前這個人手裡握著，一狠心，對盧橫和廖化道：「全搬過來！」

廖化、盧橫換算過箱子裡的錢財，差不多能折成三千萬錢，對他們這些生活在社會底層的人來說，絕對是一筆很大的財富。兩人心裡不禁將這個貪婪的左豐狠狠罵了一遍，臉上卻不敢有絲毫的不滿，「諾」了一聲，便領命而去。

左豐坐在那裡，對高飛道：「你剛才給我的肩膀捏得很舒服，你再給我捏捏！」

「捏！老子不捏死你個死人頭！」

高飛心裡雖然不滿，但是這種低頭哈腰的事，他做的也不是一次兩次了，想想自己在現代為了一個項目去給那些有權的人送禮，哪個不是像左豐這樣的貪婪?!聯想一下古今，發現當官的都沒有什麼區別，也就釋懷了。

「嗯，你的手法真獨特，要是能有人天天給我這樣捏捏，我這輩子也知足了！」左豐一邊享受著高飛按摩給他帶來的舒服感，一邊發著感慨道。

高飛笑道：「大人說笑了，朝中什麼樣的人沒有啊，會沒有能伺候大人的嗎？」

左豐笑了笑，沒有回答。

不一會兒，廖化、盧橫將府庫裡最後剩下的一箱金銀珠寶給抬了過來。左豐看著這兩箱金銀珠寶少說也值五六千萬，便滿意地點點頭，衝高飛笑道：「高司馬，看來你們當兵的還是挺能撈錢的嘛！」

高飛道：「大人有所不知，這些是下官攻克下曲陽後繳獲來的，就這麼多了，算是全部孝敬給大人了。」

左豐嘿嘿笑道：「一個州牧也差不多值這麼多了，但要是再上下疏通疏通，估計就要打個大大的折扣了，不過高司馬所求的太守是絕對沒有問題的。我回京後，必定會在陛下面前為你多多美言幾句，順便封個侯給你。」

「媽的，這個左豐不過是個黃門侍郎，只是個給皇帝傳遞消息的人，你當我是白癡啊？你撈那麼多錢，還不是要孝敬給十常侍嘛，還有臉在這裡和我吹噓，**遲早有一天老子在你這裡失去的，會加倍讓你吐出來！**」

高飛心裡十分不爽，想想前幾天才見到這麼多的錢，轉眼間就統統拱手讓人了，任是誰心裡都不好受。

他心裡不爽，嘴上可不敢說出來，對左豐低頭哈腰道：「一切全憑大人做主了。」

左豐站了起來，走到那兩箱金銀珠寶前，順手合上了箱子，斜眼看了高飛一眼，問道：「對了高司馬，你要去哪裡當太守？」

「屬下想到遼東當太守！」

這是高飛早就想好的，他對東北情有獨鍾，因為在他現代的家便是東北，對東北的礦產資源也很熟悉，以現在的年代來看，**遼東是他最好的去處，也必將成為他雄霸一方的根據地。他的第一步是遼東，第二步就是整個幽州，這是他規劃好的戰略計畫。**

「遼東？」

左豐大大的吃了一驚，心想站在眼前的這個年輕人是不是個傻子？花了一個州牧的錢，居然買一個鳥不拉屎的偏僻旮旯。

他心裡一陣竊笑，手摸那兩個大箱子，想想這次他是真的發了，一個遼東太守能花多少錢，這簡直是上天送給他的一筆巨大財富。

「是的大人，下官想做遼東太守！」高飛見左豐吃驚的模樣，再一次肯定地說。

左豐清了清嗓子，道：「遼東好啊，遼東可是個世外桃源，既然你已經決定了，那我回去之後，定當讓你如願以償的做上遼東太守。好了，我累了，你退下吧！」

房門外，廖化、盧橫都聽到了剛才房裡兩人的對話，他們對高飛的決定也頗為不解，花那麼多錢，居然只求一個遼東太守的職位，對他們來說，這打擊有點太大了。

二人都沒有說話，靜靜地跟在高飛的身後。

「你們兩個是不是有什麼話要說？有話就說吧，憋在肚子裡難受！」

高飛一路上察言觀色，覺得廖化和盧橫心裡藏著事，一回到房間，便問道。

盧橫抱拳道：「大人，如果改主意的話，現在還來得急，趁著左豐沒有走，大人可以向他求個中原的大郡，遼東……是不是太偏僻了點？」

「大人，屬下不明白，為什麼大人花那麼多錢，卻只想要一個那麼偏僻的地方，說句不好聽的話。遼東是個鳥不拉屎的地方，那裡又是邊塞，鮮卑人、高句麗人、烏桓人隨處可見，不去也罷！」廖化也附和道。

高飛笑道：「說完了嗎？」

盧橫、廖化異口同聲答道：「說完了！」

「說完了就回去吧！」

「大人……」兩人驚呼道。

高飛打斷二人，「還有什麼事？」

盧橫道：「大人，我等之所以跟隨大人，是因為大人身上潛力無限，我等才能雖然不及大人，可是也想有個好的歸宿，大人就算不為自己想想，也該為我們想想吧，不然，以後誰還敢跟著大人？」

高飛沒有生氣，他自然明白其中的道理，可是他現在不想解釋那麼多，就算他說了在東北的好處，他們也不一定會明白，他只有以後用實際的行動來解釋。

他沒有說話，扭臉看著廖化道：「你呢？還有話要說嗎？」

廖化忍不住道：「屬下和盧橫的意思差不多……大人能否將選擇遼東的好處告訴給屬下？」

高飛道：「我這幾天夜觀天象，紫微星垂在東北上空，天變有異象，那裡將是我用武之地。現在你們或許不太明白，但是請你們相信我，我會給你們一個很好的未來！如果你們覺得我不是個明主的話，你們隨時可以離開，我絕對不會攔你們。」

廖化、盧橫看到高飛信心滿滿的，又給了他們一個玄乎其玄的解釋，便一起拜道：「屬下冒犯大人，請大人責罰。」

高飛道：「你們沒有冒犯我，你們只是為了自己的前程著想，我又何嘗不是呢，可是漢室江山日益衰落，就算我出錢買來一個中原的太守，過不多少時候，又有人出錢比我還要高，那我這個太守豈不是就當到頭了？與其在中原受到制約，不如在邊塞發展自己的勢力，一旦天下有變，我率大軍入關，中原之地早晚都會成為我的囊中之物……說太多了，我只希望你們能明白，**我高飛必定會給你們帶來無上的榮耀和大好的前程。**」

廖化、盧橫聽了高飛的話，隱隱感覺到**面前這個人絕不是池中之物，他竟然如此光明正大的說出叛逆的話，**其實在他們心裡，漢朝早已是過眼雲煙了，參加官軍也好，跟著太平道鬧黃巾也罷，無非是為了填飽肚子，他們似乎可以從高飛的話中看到即將到來的天下大亂。

二人心中燃起了熊熊烈火，異口同聲地道：「屬下定當對大人忠心耿耿，至死不渝！」

高飛笑道：「好了，你們下去吧，我想一個人靜靜。」

高飛獨自坐在房裡，默默想道，既然來到這個時代，就該好好利用這個機會，早年埋在心裡的雄心壯志也一點一點地被激發出來。

他要在這個時代掀起一場劃時代的浪潮，遼東，是成就他第一步的最好選擇。

八月七日，只在下曲陽住了一晚的盧植提前離開了，走得是那麼的匆忙，連一句話都沒有留下。

當守城的士兵將這件事報告給高飛時，高飛異常平靜，他知道盧植很恥於和左豐這樣的人待在同一個屋簷下，道不同，不相為謀，盧植用他的行動說明了一切。

左豐倒是在下曲陽裡住了幾天，高飛像伺候大爺一樣的伺候他，他十分明白這種人，只是現在他還不能得罪，得罪了左豐，就等於毀了自己的前程。

第五天，左豐辭別高飛，滿載而歸的朝洛陽方向走了，臨走前還一個勁地誇讚高飛伺候的不錯，拍胸脯說事情包在他的身上，讓他安心地在此等候聖旨。

高飛一路相送出十餘里，才停住腳步，朝左豐揮了揮手後，調轉馬頭，慢悠悠的朝下曲陽回去。

「大人這幾天像變了個人似的，如此這般的伺候左豐，到底是為了什麼？」趙雲不解地道。

向左豐買官的事，只有三個人知道，除了高飛自己，就只有廖化和盧橫。他知道這樣的事如果傳入趙雲的耳裡，恐怕會引起反感，所以他沒有向任何人提起，包括趙雲。

「這種人得罪不起，左豐雖然不是個什麼好人，可他畢竟是個黃門侍郎，凡是通往皇宮內外的一切事情都由他們經手，我也只能如此。」

趙雲沒再說話，他相信大人做的都是對的，他既然選擇跟隨高飛，就會死忠到底，因為這是他自己的選擇。

一路上，高飛嘴裡哼起了流行歌曲，因為好聽，左右的人都靜靜地聆聽著。

快到下曲陽時，高飛老遠地看見城門矗立著一些人，一個戴盔穿甲的人帶著十餘名輕騎兵靜靜地等候在城門口，從那領頭人身上的衣服和裝扮來看，是同他職位相同的一個軍司馬。

一行人到城門邊，那個軍司馬當即迎了上來，一臉喜悅地道：「高司馬別來無恙啊！」

高飛瞅了瞅那個人，是盧植帳下的右軍司馬，他翻身下馬，回道：「原來是你啊，高某有失遠迎，什麼風把你給吹來了？」

右軍司馬姓**周名慎**，**字伯通**，當初盧植點將的時候，曾經大喊周伯通的名字，高飛頓時大驚失色，還以為是金庸筆下的老頑童穿越到了三國，當他得知伯通是周慎的字後，這才恍然大悟。

周慎只比高飛大兩歲，剛滿二十歲的他也是從羽林郎裡外放出來，涼州武威人。

只見他一臉的喜悅，從懷中掏出一份文書，遞給高飛，道：「高賢弟，你快打開看看吧！」

高飛當即打開那份文書，先看了看左下角的印章，是大將軍府發出來的，他匆匆地流覽了一遍，大致知道了上面的意思。

合上文書後，他皺起眉頭，對周慎道：「大人已經出發了嗎？」

周慎道：「嗯，大人剛回來便接到了大將軍府的任命，如今已經帶著兵馬向潁川開赴，特地囑咐我將這封任命狀交給你，讓你和我一起帶領兵馬朝潁川開赴。」

高飛明白周慎話裡的意思，笑了笑道：「也不急在一時，你大老遠的來，今天就開拔的話，未免太過倉促了，至少讓我先準備準備吧。我看你也夠累的，不如先去城裡歇息歇息，明天一早，咱們再一起出發如何？」

周慎笑道：「高賢弟想的就是周到，那就恭敬不如從命了。」

高飛朝後面喊道：「夏侯蘭！」

「屬下在！」夏侯蘭急忙閃了出來。

高飛吩咐道：「帶周大人……哦不，應該叫周將軍才對，帶周將軍去縣衙休息，好生伺候！」

夏侯蘭做了個請的手勢，「周將軍請！」

周慎便帶著手下，跟隨夏侯蘭朝城裡走了進去。

「大人，是不是要去潁川剿賊？」趙雲不經意問了句。

高飛點點頭道：「大將軍府頒下了將令，任命**盧植為左將軍，並且任命周慎為宣義校尉，我為破賊校尉，分別統領這支兵馬共同開赴潁川剿賊**，下曲陽的一切事務由鉅鹿太守接手！」

趙雲歡喜道：「恭喜大人，賀喜大人，大人斬殺黃巾立了大功，就算是封個將軍也不為過！」

其餘隨從都異口同聲地道：「恭喜大人，賀喜大人！」

高飛苦笑兩聲，下令所有人入城。回到縣衙後，便讓人將各位軍侯全部叫到縣衙裡。

高飛升官的消息眾人奔相走告，整個下曲陽的官軍將士無不雀躍，對他們來說，自家大人升官，就意味著他們也可以跟著升官。不一會兒功夫，全城的官軍都沉浸在喜悅之中。

城裡只有兩個人不高興，一個是剛剛升為破賊校尉的高飛，另外一個則是在高飛手下擔任軍侯的劉備。

高飛坐在縣衙的大廳裡，心情很是鬱悶，本以為可以暫時駐守在下曲陽，等待遼東太守的職位，哪裡想到大將軍府會突然下達這樣的任命。

他想了一會兒不再懊惱，升官總比不升好，既然讓他去剿殺賊寇，那他就去吧，再撈點名聲，然後等遼東太守的新任命狀一下達，他就可以遠走遼東，去發展自己的事業了。

當所有的軍侯全部聚集在縣衙時，高飛便將任命狀拿了出來，讓他們一一過目之後，朗聲道：「都看過了吧？」

眾人齊聲答道：「啟稟大人，末將等都看過了！」

高飛道：「如今城裡有一萬九千五百三十一的士兵，不足兩萬人。廖化，你可否從原來投降的黃巾軍裡將這個差額補齊？」

廖化道：「沒問題，這件事包在屬下身上。」

高飛道：「宣義校尉周慎來了，目的是要從我這裡分一萬兵給他統領……盧橫，這件事就交給你了。」

盧橫抱拳道：「屬下明白！」

高飛見眾人眼裡都有點擔心，害怕他們所帶的兵馬會連他們一起被分給周慎，便站起來道：「兵我是分出去了，可是將我一員都不會給他，你們都是我的部下，自然還是在我的軍營裡。周慎這次來，雖然只帶了十幾名輕騎，可是這十幾個輕騎都是他準備任命的司馬和軍侯，他也絕對不會要我的人，你們不用擔心。」

張飛大咧咧地道：「太好了，俺剛和大人相處的如此融洽，要是再換個人，俺老張還害怕那個叫什麼周慎的，受不了俺的脾氣呢。」

高飛笑道：「你放心，我就是把自己分出去了，也絕對不會把你分出去的。劉備、關羽、張飛、廖化、盧橫、周倉、管亥、裴元紹、卞喜，你們九個人從今天起，分別為我軍中的軍司馬，各自帶領一千人。」

劉備九人當即出列，異口同聲道：「末將多謝大人厚愛！」

高飛又道：「趙雲、夏侯蘭、費安，你們三個人就做軍侯吧，繼續待在我的親兵隊伍裡，各自領二百人隨行護衛！」

趙雲三人拜謝道：「末將領命！」

任命完畢，高飛便讓眾人各自去整理行裝，準備明日啟程。

傍晚時分，廖化從原來的黃巾軍裡選拔出四百多強健的人，將官軍補足兩萬人，然後盧橫便將其中一萬不是特別親密的士兵劃分了出去，留下一萬矯健又十分忠於高飛的士兵。高飛則將其中一萬的兵權交給周慎，官軍將要走的消息也在全城傳開。

當夜，高飛替周慎擺了一桌酒宴，二人坐在桌前，只有親隨陪護，互相寒暄幾句後，周慎便道：「高賢弟，我有幾句話想對賢弟說，不知道賢弟可否摒退左右？」

高飛點點頭，對跟自己來的趙雲和夏侯蘭道：「你們到外面等候，沒有我的命令，誰也不許進來！」

眾人退了出去，房間裡只剩下周慎和高飛兩個人。

房間裡的蠟燭忽明忽暗，溫和的光芒照得整間屋子亮堂堂的。

「周兄，這裡就剩下我們兩個人了，有什麼話你儘管說吧！」高飛隱約覺得周慎有什麼不可告人的秘密，率先道。

周慎喝了口小酒，緩緩道：「賢弟，你和我都是涼州人士，也都是朝廷在六郡選出來的良家子，咱們也是共同入京為羽林郎的，又同屬於羽林中郎將管轄。如果沒有黃巾之亂的話，咱們可能一輩子都要老死在皇宮裡，而沒有出頭之日了。後來，咱們又一起給盧植做了手下，同為他手下的軍司馬，這個緣分著實不淺，你說是不？」

高飛點點頭，在腦中搜尋著關於周慎的一切，記憶中，他和周慎雖然同時從涼州六郡中選出來入衛羽林郎的良家子，但是和周慎這個人直到一起進了盧植的帳下才認識，而且來往並不是很密切。

他在想周慎接下來到底要說什麼話，便應承道：「周兄說的極是，這種緣分確實是難能可貴。」

周慎繼續說道：「賢弟，你覺得盧植對你如何？」

「盧大人是天下名儒，待我也很真誠……」

「真誠？哈哈哈，賢弟終究是涉世未深，不瞭解仕途的坎坷啊！」周慎打斷了高飛的話，大聲地笑了出來。

高飛急忙問道：「周兄，此話怎講？」

周慎又灌下口酒，滿臉因為喝酒而變得通紅，不時還打了一個飽嗝，從嘴裡散發出來濃厚的酒氣。

他見高飛一臉茫然，卻又聚精會神的聽著他的話語，便伸手輕輕地拍在高飛的背上，笑著說道：「賢弟啊，盧植如果待你夠坦誠的話，就不會私吞你斬殺黃巾賊首張角的功勞了。」

高飛道：「斬殺張角那是盧大人指揮有方，何況我是他的部將，又得到了五百斤黃金，已經心滿意足了。」

周慎笑道：「賢弟啊，仕途險惡啊，你可知道朝廷懸賞張角首級的獎金是多少嗎？說出來怕嚇死你！這個數！」

高飛見周慎伸出了五根手指頭，尋思道：「五千斤？」

周慎重重地點點頭，略有醉意的他，在這個初秋的夜晚，也顧不得平日裡的形象，將上衣一扯，脫了下來，隨手扔在地上，大咧咧地繼續說道：「這只是一部分的賞賜，還有一個賞賜，你恐怕做夢都想不到……」

「是什麼？」

「凡獲其賊首張角的首級者，賞金五千斤，封萬戶侯！」周慎一字一句的說了出來。

高飛聽後，也是吃了一驚，萬萬沒有想到斬殺張角會有如此豐厚的獎賞，早知道這樣的話，他何必辛辛苦苦的帶兵攻打下曲陽，只要靠功勞便能獲得個萬戶侯，名聲、地盤都有了。

他一氣之下，重重地拍了下桌子，將桌上的酒菜都差點震掉了，大聲罵道：「這隻老狐狸！」

高飛罵完，轉念一想，似乎軍營中沒有一個人知道有此封賞，而且盧植也沒有被封為萬戶侯，他看了眼醉醺醺的周慎，狐疑道：「周兄，你說的不對吧，要是真有那麼好的封賞，為什麼軍中沒有一個人知道？好像盧植也沒有因為這個功勞被封萬戶侯吧？」

周慎突然站了起來，身體東倒西歪的，伸手指著高飛，道：「這你就不懂了吧？這就叫做**上通下達**！朝廷確實頒佈了這個獎賞，先是將聖旨頒發給大將軍，大將軍便讓人做了個拓本，派人將拓本送到與張角對敵的盧植手中，想借此激勵士氣，只要張角一死，黃巾軍就會士氣大落。可是盧植卻沒有將這個命令頒佈出去，而是壓了下來，這樣的話，也就只有大將軍府的人和盧植知道了。」

「那為何盧植沒有被封侯呢？」高飛問道，八卦新聞是他的最愛，他自然要問清楚這個時代不為人所知的八卦了。

周慎道：「那是因為盧植自以為獲此殊榮就能目中無人了，不把陛下派來的小黃門放在眼裡，小黃門回去之後，便惡語中傷盧植，陛下因此暫時沒有進行封賞，而是改派黃門侍郎左豐代天子巡視河北，左豐左大人，想必你已經見過了吧？」

高飛點點頭道：「見過，今日剛剛送走。」

周慎道：「高賢弟，你想想，你的大好前程就這樣毀在盧植的手裡了，雖然他給了你五百斤黃金，可那也是裝裝樣子給別人看的，要不是我無意間發現了他書冊中夾著的聖旨拓本，我還不知道這件事呢。賢弟啊賢弟，對一個這樣毀你前程的人，你還覺得他對你真誠嗎？」

高飛搖搖頭。

但轉念一想，也就釋懷了，既然事情過去了，他就不再想了，他相信，屬於他的東西，無論如何都會回到他的手裡，只不過是時間問題而已。

周慎突然一個踉蹌倒在地上，高飛急忙過去將其扶起，道：「周兄，你喝多了，我扶你上床休息吧？」

周慎搖手道：「不不不，我還沒有喝夠呢，我還有話要對你說……」又打了個飽嗝。

高飛將周慎扶在床上，道：「好，你說吧，我聽著！」

周慎拉住高飛的手，目光裡對高飛充滿了期待，道：「賢弟，我們這種緣分十分的難得，盧植又這樣害你，我這裡有一份盧植的罪狀，我想請你一起和我揭發他。」

說著，周慎便從包袱裡掏出一封書信，遞給高飛，道：「你放心，這件事絕對能成，十常侍裡的張讓、趙忠對盧植早有恨意，正想找機會除去他，只要你和我一起揭發盧植，上面又有十常侍撐腰，咱們不愁沒有高官厚祿，左大人那邊也已經打點好了，就等這封告發信了。」

高飛取出信箋看了一下，見上面除了隱匿朝廷頒發的獎賞政策外，其餘的都是子虛烏有的事情，諸如擅自斬殺俘虜，坑殺百姓以充當賊軍，還有剋扣糧餉等，大多是給盧植安上的罪名，而且落款處的簽名居然都是盧植帳下和他同級別的軍司馬，足足有十個人，密密麻麻的寫滿了整個角落。

他笑了笑，將信箋又給塞了回去，耳邊傳來周慎呼呼睡著的呼嚕聲，他輕輕推了周慎兩下，見沒有任何反應，這才確定他是真的睡著了。

他搖搖頭，道：「既然盧植帳下的所有人員全部簽過名字了，少我一個人也不妨事，我又何必簽呢。我雖然不喜歡盧植在我的上頭壓著，但是這種下流卑鄙的事，我也不想做。看來盧植雖然先行去了潁川，只怕過不了黃河就要被免職問罪了，可憐的盧植，終究還是逃不過命中的一劫。哎！」

他走出房間，對站在門外周慎的親兵道：「你們的大人喝醉了，進去服侍他吧！」說完，便帶著趙雲、夏侯蘭大步流星地走了。

房間裡，躺在床上的周慎聽到高飛離開的腳步聲，突然睜開眼睛，端坐了起來，眼裡露出一絲殺機，恨恨地道：「可惡的高飛，居然說我做的事情下流、卑鄙？你等著，總有一天你會為你今天所做的事情後悔的……」

第二天一早，兩萬大軍便集結在下曲陽門外，高飛、周慎二人各領著一萬人緩緩地向南開拔。

臨行時，軍隊中的糧草只夠應付不到十天了，朝廷本來早該到達的糧餉卻遲遲沒有來，不得已之下，高飛只得從下曲陽城的府庫裡取走足夠維持他們兩個月的糧草。

大軍開拔的過程中，兩萬人雖然分屬於不同的校尉帶領，但是行動一致，畢竟這麼多天來，他們始終是一體的。

向南行走了不到三十里，高飛等人便遇到從鉅鹿趕來接手的人馬，當先一騎便是鉅鹿太守，他聽說軍隊要走，急忙過來送行，簡單的寒暄幾句後，兩撥人便分開，一個朝南，一個朝北。

高飛和周慎走在隊伍的最前面，他看周慎對他更是有說有笑的，似乎昨晚的事彷彿沒有發生過一樣。

高飛也不在意這些，帶著隊伍，權當是遊山玩水旅遊一番。

大軍雖然每天按照正常速度行軍，但是走走停停，拖延了許多時間，十天後才走出鉅鹿郡的地界，進入魏郡境內。

快到內黃時，高飛便見從南邊的官道上馳來幾輛馬車，那種馬車他之前見過一次，和黃門侍郎左豐坐過的馬車一模一樣。

「是聖旨，快下馬接聖旨！」周慎只看了一眼，便急忙對高飛喊道。

高飛忙讓部隊停下，翻身下馬，和周慎一起迎了上去。

他注意到馬車雖然相同，但是不同的是，這次馬車的框架上繫著一面小黃旗，黃旗上繡著一條盤旋的金龍，是左豐的馬車上所沒有的，而且在另外一側還綁著一個符結，也是左豐的馬車上所沒有的。

馬車快速地駛了過來，最後停在高飛和周慎的面前，趕車的車夫從車裡迎出一個穿著漢代宦官衣服的太監，那太監手裡持著一卷繡著金龍的榜文。

太監先是清了清嗓子，然後用陰陽怪氣的聲音喊道：

「聖旨到，破賊校尉高飛、宣義校尉周慎接旨！」

高飛、周慎立即跪在地上，但聽高飛和周慎齊聲大喊道：

「臣等接旨，吾皇萬歲萬歲萬萬歲！」

「奉天承運皇帝詔曰，左將軍盧植在平定河北黃巾中所做所為均是大逆不道之罪，然念其勞苦功勞，免去左將軍職務，其部下所有兵馬，暫且全部交於右將軍皇甫嵩統領，押解回京，交由廷尉審問。

「另破賊校尉高飛，在平定黃巾賊中功勳卓著，朕心甚慰，特以功封為都鄉侯，食邑陳倉一千戶，並拜為陳倉令，准許帶親隨五十人，即可上任，其部下所有兵馬，全部交由宣義校尉周慎統領，繼續前往潁川助右將軍皇甫嵩討賊。欽此謝恩！大漢中平元年八月十三日。」

聽太監念完這道聖旨，高飛整個人都有點懵了，腦子裡幾乎一片空白，他所求的遼東太守居然變成了陳倉令，雖然被封為都鄉侯，可是對他來說，一點用處都沒有，他不想去西北，**他很清楚在西北即將發生的事，北宮伯玉會公然反叛，涼州會成為另外一個戰場，而且叛軍會攻打三輔，陳倉更是首當其衝**。

他心裡懊悔，暗罵自己太相信左豐那個貪婪的小人。只是心裡就算再怎麼悔恨，現在木已成舟，也無濟於事了。

不……他還有一條路，那就是公然反了！可是他知道，他要是公然造反，手底下的人能真正跟著他跑的，估計沒有一個。

想想盧橫、費安，他們雖然是自己的心腹，但絕不會選擇去當一個反賊；劉備、關羽、張飛、趙雲、夏侯蘭，他們只會親手斬殺反賊；再想想周倉、管亥、廖化、裴元紹、卞喜，他們剛脫去反賊的罵名，估計也不會再跟著他當反賊……

「都鄉侯……都鄉侯……」

高飛猛然間聽到那個太監在叫他，把他從思緒中拉回到殘酷的現實裡，他抬起頭，見那太監動了動嘴脣，耳邊聽到那太監的聲音：「都鄉侯還不領旨謝恩，難道想抗旨不成？」

高飛嘆道，罷罷罷，陳倉令就陳倉令吧，好歹落得個都鄉侯的爵位，這錢總算沒白花，比什麼都沒有要強多了。我就在西北再打一場漂亮的仗，等獲得功勞和名聲，再去東北不遲。

想到這裡，高飛舉手接住那滾熱發燙的聖旨，高聲道：「臣高飛領旨謝恩，吾皇萬歲萬歲萬萬歲！」

周慎從懷中掏出一塊金子，塞到那太監手裡，嘴角露出一抹陰笑，偷偷看了眼跪在地上的高飛。

那太監拿了金子，笑吟吟地上了馬車，車夫調轉馬頭，趕著馬車便離開了。

周慎走到高飛的身邊，將高飛扶了起來，賀道：「恭喜高賢弟，年紀輕輕就封了侯，以後官路亨通，記得提攜一下為兄啊！」

高飛苦笑了一下，心裡的低落，只有他自已知道。

殘酷的現實像一把刀子一樣狠狠地插進夢想的胸膛，然後一刀一刀的將夢想抹滅掉，最後剩下的，就只有現實了。

高飛麻木地一步一步走回軍隊裡，手裡捧著聖旨，臉上卻沒有一點喜悅的表情，隨口對夏侯蘭道：「去將幾位司馬全部叫過來，我有話要說。」

趙雲、費安聽高飛的口氣有點沮喪，齊聲問道：「大人，是不是發生了什麼事？」

高飛將手中的聖旨遞給趙雲和費安，二人匆匆地看了眼之後，臉上現出喜色，拱手道：「恭喜大人，賀喜大人，大人因功封侯，這可是這幾天最好的事了！」

高飛心中嘀咕道：「好事？要真是好事的話，我還用這麼發愁嗎？走一步算一步吧。」

不多時，隊伍後面馳來了十匹快馬，十名騎士紛紛從馬背上跳了下來，徑直走到高飛的面前，一起拱手道：「參見大人！」

高飛對這十幾個人道：「你們跟我來！」

話音落下，高飛便帶著這十幾個人走下了官道，在一個小樹林裡停了下來。

周慎回到隊伍中，看到高飛帶著十幾個人離開了，臉上露出喜悅的表情，翻身上馬，靜靜地等候在那裡，腦中想著該如何和高飛告別。回頭看了下後面的兩萬大軍，心裡更是開心不已，自從出仕以來，他還是頭一次帶這麼多的部隊。

不遠處的樹林裡，趙雲、費安將聖旨的內容說給大夥兒聽，眾人除了對盧植的遭遇不解之外，更多是在替高飛道賀，封侯拜相，這在古代是多大的榮耀啊，在古代人的眼裡又是何等的尊崇啊。

「大人……哦不，應該叫侯爺，不知道侯爺準備打算怎麼辦？」

盧橫知道內幕，但是對聖旨頒布的事，他是很開心的，因為至少可以不用去遼東那個鳥不拉屎的地方了，陳倉是三輔之地，雖然只有食邑一千戶，卻是個不錯的地方。

高飛道：「我還能怎麼辦？當然是趕赴陳倉上任了。我之所以叫大家過來，是因為聖旨上說讓我帶五十名親隨一起去上任，我想知道你們願不願意和我一起去？」

「侯爺，我們是侯爺一手提拔的，侯爺到哪裡，我們就跟到哪裡。」周倉、廖化、管亥、裴元紹、卞喜五人異口同聲地答道。

緊接著趙雲、夏侯蘭也表態道：「屬下一生跟隨侯爺，至死不渝。」

盧橫、費安也急忙表明心跡：「我等願意追隨侯爺，鞍前馬後，永不背離！」

九個人都表明了意願，只有劉、關、張三人未開口，眾人一致將目光移到三人的身上。

張飛身體微微向前一傾，「俺願意……」

話還沒說完，見劉備朝關羽使了個眼色，關羽拉了一下張飛的衣角，趁張飛頓口之際，拱手道：「我三弟說他願意聽我大哥的安排，我也是這個意思，我們兄弟全聽大哥的。」

張飛會意，連忙配合道：「對，俺聽大哥的安排。大哥，你到哪裡俺就跟到哪裡，這事情你決定吧。」

霎時間，十一雙眼睛全部將目光集中在劉備一人身上。

劉備非但沒有感到那種無形的壓力，反而面不改色，談笑自若，向高飛拱了拱手，道：「恭喜侯爺，侯爺獲此殊榮也是理所應當的，只是在下一心以平定黃巾為己任，如今黃巾尚未平定，我等兄弟在軍中還有用武之地，所以就不隨侯爺去了。但畢竟和侯爺相識一場，我等定當為侯爺送行。」

費安聽了，指著劉備的鼻子大聲喊道：「劉備！枉我家侯爺如此提拔你，你居然……」

話未說完，只聽「砰」的一聲，張飛握起他如缽盂般大小的拳頭，朝著費安的面門便是一拳。

費安的鼻子登時流出了鮮血，被張飛的力道逼得向後倒退了幾步，一個踉蹌沒有站穩，便向後倒了過去，在地上翻了幾個跟頭，這才停了下來。

張飛猛然從人群裡跳了出來，指著費安大聲罵道：「直娘賊！你要是敢再出言不遜，看俺老張不扭斷你的脖子！」

費安心中一陣委屈，捂著血流不止的鼻子，斜眼看了下高飛，似乎在祈求高飛為他出頭，因為他知道打不過張飛，從地上緩緩站了起來，面對張飛的虎視眈眈，不敢說話。

「三弟不得無禮！」劉備朝關羽使了個眼色，關羽立刻將張飛拉到一邊。

高飛看到費安委屈的樣子，什麼話也沒有說，覺得他被張飛教訓一下也好，省得以後大放厥詞。

劉備的離開對他來說是早晚的事，這些天他不斷跟劉備套交情，想將劉備收為己用，可是劉備卻沒有給他這個機會。

他朝劉備拱拱手道：「我的屬下冒犯了玄德兄，還請玄德兄勿怪，既然玄德兄以掃平天下賊寇為己任，那我就預祝玄德兄能夠多立戰功。」

劉備向高飛拜了拜，誠懇地道：「若是沒有侯爺的提拔，我也不會當上軍司馬，侯爺對我的大恩大德，我劉備一輩子都不會忘，此去陳倉路途遙遠，還請侯爺和諸位兄弟一路保重。」

高飛道：「玄德兄也多多保重。」

劉備轉身對關羽、張飛喊道：「二弟、三弟，我們該回去了。」

關羽、張飛畢恭畢敬地向高飛拜了拜，齊聲道：「侯爺一路保重！」

高飛笑道：「雲長兄、翼德兄也多多保重，日後再有緣相見，定要和二位痛飲三大罈酒！」

張飛動了動嘴脣，欲言又止，最後輕嘆了一聲，便轉身和關羽跟著劉備離開了。

趙雲見劉備、關羽、張飛三人走了，嘆道：「今日一別，不知道何年何月才能再見，三位豪傑一路珍重。」

高飛知道趙雲在惋惜從此以後沒有人再和他痛痛快快的打鬥了，他沒有說話，腦海裡想著陳倉那裡離涼州很近，**涼州多名將，賈詡、馬超等人都是涼州人，也許此去陳倉他還能收服幾個謀士和良將。**

「侯爺，就這樣讓他們走了，真是太可惜了，如此一來，侯爺以前的努力就全白費了。」盧橫看到劉備、關羽、張飛離開的背影，嘆道。

高飛笑道：「人各有志，劉備又是個胸懷大志的人，就算勉強留下了，早晚有一天還是要離開的，長痛不如短痛，以後天各一方，再遇見也不知道是驢年馬月了。盧橫，你再去挑選四十一個親隨，我們收拾一下，這就上路吧，早一天到陳倉，也就早輕鬆一天。」

盧橫道：「諾！」

其他人嘴上沒有說什麼，但是心裡對劉備多少產生了一點反感，認為劉備就這樣離開了高飛，多少有點不夠意思。

高飛讓眾人在此等候，他獨自一人朝官道上的隊伍裡走去，向與他同行的宣義校尉周慎告別。

周慎策馬來迎，從馬背上跳了下來，一臉笑意地道：「賢弟封侯，日後前途無量啊，今日一別，為兄也沒有什麼好贈送的，就姑且以五十匹軍馬相贈，此去陳倉路途遙遠，還希望賢弟一路保重。」

「那我就恭敬不如從命了，謝過周兄贈送的馬匹。」高飛衝劉備、關羽、張飛三人喊道：「玄德兄、雲長兄、翼德兄，請借一步說話！」

劉備三人一同走了過來，周慎看了眼三人，搞不懂高飛葫蘆裡賣什麼藥，便道：「賢弟，這三位是？」

「周兄，這三位是我帳下的大將，都有萬夫不當之勇，周兄此去潁川斬殺黃巾，必然能夠用到他們三人。這三位都是我出生入死的兄弟，只是他們要是跟著我走，未免太可惜了，留在軍隊裡或許能立下奇功，我想請周兄多多提攜！」

高飛想，既然無法收服劉備，姑且賣個人情，也許以後會有用到劉備的地方，便對周慎如此說道。

劉備三人聽後，心裡都是莫名的感動，有一種愧對高飛的感覺。

周慎爽快地應允道：「賢弟放心，我必當好好提攜他們一番。」

高飛道：「既然如此，那我也沒有什麼遺憾了，就此告辭！」

周慎、劉備、關羽、張飛一起拱手道：「一路保重！」

第八章

官逼民反

我只想到如何去抵禦叛軍進攻，差點忘了官逼民反的至理名言了，或許這些人並不想造反，而是被生活所迫，不得已而為之，不然，怎麼會有那麼多涼州人一起跟著造反，聲勢浩大不說，而且所到之處都能迅速拉起幾萬人馬。

高飛帶著趙雲、盧橫、廖化等五十名親隨離開了軍隊，向西行了沒三十里，便聽見後面疾速奔來十餘騎，為首一人，高飛看得很是面熟，居然是盧植的親兵隊長。

高飛讓人停在路邊，寒暄了幾句，才知道他們的來意，居然是給高飛送金子的。盧植被囚車押走時，便吩咐自己的親兵隊長務必要將朝廷獎賞給高飛的黃金五千斤送還給高飛，真是個大好人啊。

那親兵隊長送完金子後，便告辭了，高飛將金子交給盧橫看管，繼續上路。當夜一行人來到內黃，便在城中的驛站休息了一夜。

如今是八月中旬的天氣，天氣漸漸變涼，夜晚也是涼颼颼的，高飛他們還穿著官軍夏天的軍服，未免有點單薄。高飛便讓盧橫在城中的服裝店買來秋天的衣服給大夥兒穿。

簡單的休息一夜之後，眾人第二天用過早飯後，繼續向西而行，他們準備先到河內郡，在河內南渡黃河，然後再折道向西進入三輔，這是熟知地理知識的盧橫制定的路線。

一行人走在河北空曠的平原上，隨處可見的都是荒蕪的土地、荒廢的村莊，看到這一路上荒涼的景象，高飛未免有點憐憫這個時代的百姓。黃巾之亂，河北受到了嚴重的危害，各郡的人口急劇下降，就算是黃巾平定了，兩三年內也很難恢復昔日的繁華。

快到正午時，高飛命人停在路邊休息，然後將昨夜購來的乾糧分給大家，一行人就靠在路邊的小樹林裡簡單的休息。

「侯爺，這是昨夜我特地給侯爺買的，請侯爺品嘗一下！」

費安的鼻子已經不流血了，可是鼻子上還能清楚地看見發烏的痕跡，他抱著一罈酒，遞到高飛的面前，笑吟吟地道。

酒在古代是個好東西，在那個酒精度數還不是很高的年代，就相當於現代的飲料一樣，是很普遍也是極為解渴的東西。

高飛接過酒，對費安道：「你的鼻子還好吧？」

費安喜道：「多謝侯爺操心，已經沒有什麼大礙了。」

高飛道：「以後說話做事要向盧橫學學，別老是毛毛躁躁的，你要是再這樣，只怕我很難再信任你了。」

費安欠身道：「侯爺的教誨，屬下記住了，屬下以後不會再有類似的事了。」

高飛環視四周，見其他人手裡都有一罈酒，停在路邊的馬車上裝載著乾糧和酒水，對費安稱許道：「你這次做得很不錯，人人手中有酒喝，沒有特殊，以後要多動動腦子。」

「諾！」

「好了，你也去喝點吧。」

高飛怕眾人貪杯喝醉了，便大聲道：「喝一兩口意思意思即可，可別貪杯，萬一喝醉了，老子可要扔下你餵狼了！」

眾人聽了，都哈哈大笑起來，便隨便喝了幾口，吃點乾糧，再次上路。

如此反覆數日，一行人來到河內郡，到了黃河邊，乘船渡過黃河，然後經弘農郡向西馳入關中的三輔之地。

巍峨關中，八百里秦川，四方關隘阻斷其路，高飛一路沿途欣賞關中美景，並且默默地將所過之處的地形地貌都暗暗地記在心裡。

對他來說，他雖然不喜歡在關中待著，但是遲早有一天，他還是會帶著軍隊打回來的，到那個時候，他的這些經歷，便會給他帶來極大的方便。

九月初一，高飛的旅程總算結束了，他帶著五十個親隨抵達了陳倉。

陳倉隸屬於三輔之一的右扶風管轄，**古時便有韓信明修棧道、暗渡陳倉之說，陳倉也是東入三輔之門戶，地理位置十分重要。**

陳倉城外，高飛率領五十騎停在城門外的道路上，仰望著陳倉的城樓和城牆，所有人的心中都蒙上了一層陰影。

一路上高飛為了安慰他們，使勁鼓吹陳倉的好處，經常給部下講關於陳倉的典故，可是真正看到這座令大家神往已久的城池時，每個人都陰著臉，一句話也說不出來。

「哈哈，比我想像中的還要好一點。」高飛用阿Q精神自我安慰一番。

盧橫一臉的不爽，策馬走到高飛身邊，道：「侯爺，這就是陳倉嗎？簡直和我預期的大相徑庭。」

原來呈現在眾人眼前的，是一座殘破的城池，城樓年久失修，樓柱上的黑漆都脫落了，城牆更是殘破不堪，赫然可見坑坑窪窪猶如馬蜂窩一樣的坑洞，牆根上更是堆積著破磚爛瓦，簡直和剛剛經受過戰爭沒什麼兩樣。

「你不是認識字嗎？城頭上不是寫著的嗎？」高飛指著城頭上已經脫落一半的字，還隱約可以看見「陳倉城」三個字。

「既來之，則安之，我們入城吧！」

高飛苦笑兩聲，想到即將要發生的涼州叛亂，他本想利用陳倉的堅固城防來進行抵禦，如今看到這樣的城池，心裡也去了三分自信。

陳倉城的大門是開著的，城門口沒有站立的守衛，寥寥無幾的百姓從城裡緩緩而出，經過高飛等人時，都用一種異樣的目光打量著他們，一切都是那麼的陌生。

城裡也是冷清清的，城門邊有許多處坍塌的房屋，殘破的牆壁附近堆著厚厚的瓦礫，似乎已經荒廢了很久。城內只有一條十分筆直的街道，一眼望去可以看到西側大開著的城門，稀少的百姓從西門進出陳倉。

高飛帶著眾人順著道路馳馬走到不算寬闊的街道上，朝裡走，才看見幾間完好卻年代久遠的房裡住著百姓。

高飛等人的突然造訪，立刻引來百姓的圍觀，從街道兩邊湧出幾十個百姓，百姓大多是上了年紀的老人，他們步履蹣跚，爭相觀望著到來的陌生人。

走了差不多五里的時候，眾人面前出現了一條十字路口，高飛四處望了望，見朝北方向有一條相對寬闊的道路，一座縣衙也隨之映入眼簾，縣衙門洞開，門口同樣沒有守衛，偌大的陳倉城死一般的寂靜，沒有一點生機。

「侯爺，這城真小，東西全長不過十里，這條岔路南北也不過六七里，這個地方怎麼可能會住得下一千戶百姓？」趙雲忍不住說道。

高飛「嗯」了聲，驅馬向縣衙走去。

到了縣衙門口，高飛翻身下馬，朝裡望了一眼，沒有見到一個人，對身後的隨從道：「都下馬，將東西搬進去，以後這裡就是我們暫時的家了。」

高飛踏步跨進縣衙，走沒多久，便聽見東廂一間門窗緊閉的屋裡傳來嘈雜的聲音。他徑直走了過去，推開門，見屋裡一張草席上圍坐著十餘名身穿官服的衙役，正一個勁的喊著「大、小」之類的話語，居然是在聚眾賭博。

「這裡誰是頭頭？」高飛大聲喊道。

房內嘈雜的聲音戛然而止，十餘個衣衫不整的衙役朝著同一個方向扭過頭來，看到站著一個戴盔穿甲的陌生人，從上到下打量了一下，急忙整理了一下衣衫，站了起來，異口同聲地道：「見過大人！」

「這裡誰是頭？」高飛厲聲道。

一個面黃肌瘦的小個子向前跨了一步，斜眼看了下高飛，答道：「啟稟大人，我……我是……」

「你是縣尉？」

那小個子急忙擺手道：「不，不是，我不是縣尉，縣尉大人不在城裡住！」

「這是我們家侯爺，朝廷新封的都鄉侯、陳倉令，你們還不快點拜見侯爺？」盧橫從後面走了過來，看了眼屋裡的一切，朗聲道。

屋裡的那幫衙役急忙拱手道：「拜見侯爺！」

高飛道：「你們縣尉呢？」

小個子衙役答道：「縣尉大人今天娶妾，沒來。」

「沒來？那你就跟我過來吧，我要瞭解一下陳倉的情況。」

高飛帶著那小個子來到縣衙大廳，問道：「你叫什麼名字？」

「回侯爺話，小人馬九。」

「馬九，我問你，陳倉到底有多少戶百姓？」

「回侯爺話，陳倉方圓八十里內，一共有一千戶百姓，朝廷已經發來告喻，陳倉以後就是侯爺的食邑，一千戶百姓也都是侯爺的子民了。」

高飛尋思道：「媽的，這個破地方還三輔呢，還不如讓我去遼東，至少那裡礦產資源豐盛。看來我的侯爺府，也只能安在這縣衙裡了。」

他又繼續詢問了一下陳倉的情況，馬九都一一回答了，聽完，他才知道，陳倉以前經常遭受羌人攻擊，每次調來的縣令待不上一個月就走了，府庫裡沒有銀子，城牆也就沒有人修理了，百姓也紛紛向東逃去，就這一千戶居民，還是朝廷強制從弘農郡遷徙過來的，好在這兩年羌人沒有反叛，涼州邊境也是四海昇平。

問完，高飛便打發馬九走了，他勞累這麼多天，很疲憊，當下讓親隨和衙役們幫著打掃了一下縣衙後院和房間，吩咐裴元紹生火做飯，便算是走馬上任了。

陳倉的情況確實不容樂觀，對於不久即將到來的涼州叛亂，高飛還是要做出一些積極的應對，他可不想在這個窮地方混下去，他要借著對歷史知識的精通，成功阻擊這次涼州的叛亂，然後憑著自己的實力去弄個太守或者州牧當當，他不會再相信那種貪婪的小人了。

上任第二天，高飛便帶著趙雲、夏侯蘭兩個馳出城池，向西察看地勢地形。

在他的印象中，三國中有一個叫郝昭的人，用三千人的魏軍緊守陳倉，抵擋住諸葛亮率領的十幾萬大軍，他相信他也能做到，而且能做得比郝昭還要出色，畢竟他是現代人，知識遠遠超過古人。

偌大的陳倉城依山而建，夾在兩山之間，城池也是開鑿而成，所以不能與平地上的城池相比擬，這也是它之所以那麼小的原因。

出了西門，高飛等人沿著山道向西奔馳出二里，回首張望陳倉城的西門，但見西門就像一座關卡，卡在兩座山的通道之間，城的南北兩面都是懸崖峭壁，一般人絕無可能攀爬上去窺視陳倉，這是它的獨到之處。

高飛又環視了一下四周，山道並不寬闊，馬匹可並排行走六匹，在一定程度上制約住了大軍圍攻的局面，也難怪諸葛亮十幾萬人馬還攻不下一座三千人守衛的陳倉，人雖然多，卻施展不開。

仔細地看完陳倉的優勢地理位置之後，高飛的心裡算是有了底，對趙雲和夏侯蘭道：「走，向前看看。」

高飛三人沿著山道一路向西，道路也越來越寬闊，只有到了陳倉城附近，道路突地變得狹窄起來，他越看心裡底氣越足，尋思著，縱使十幾萬涼州叛軍來攻打，他也能守住陳倉城。

沿途所過有幾處百姓聚集而居住的小村落，大者百戶，小者十餘戶，想到這些百姓可能會成為罹難者，便決定先將這些百姓遷徙到陳倉東側居住。

晌午，高飛一行人回到陳倉城，一進入縣衙，便見馬九和一個壯漢站在一起。馬九和那壯漢見了高飛回來，立即拜道：「參見侯爺！」

高飛看了眼那壯漢，國字臉，下頷上帶著幾縷青鬚，二十三四年紀，身上的官服穿在他的身上顯得有些窄小，似乎罩不住他寬闊的胸膛，領口還冒出一些黑乎乎的胸毛來，身高大約一米八五左右，讓人一看就知道是個身手矯健的人。

高飛打量完，便問道：「你是縣尉？」

那壯漢點點頭，道：「小人華雄，參見侯爺！」

「華雄？」

高飛有點大跌眼鏡，沒想到剛到關中就遇到了華雄，而且還是自己的屬下，怎麼說也是個有名的人物，如果不是他，關羽又怎麼會一炮而紅呢。

「是的侯爺，小人昨天家中有點事，所以沒有前來迎接侯爺，還請侯爺恕罪！」華雄倒是挺有禮數，對高飛也是畢恭畢敬的。

進了大廳，高飛端坐在上面，朗聲道：「華雄、馬九，我這裡有一件事情要交給你們去做，如果你們做得好，就重重有賞。」

華雄、馬九臉上一喜，當即道：「侯爺儘管吩咐，我等萬死不辭！」

高飛清了清嗓子，道：「十天內，你們兩個要把陳倉城以西的那些百姓全部遷徙到城的東面去，並且招募兩千個鄉勇，有問題嗎？」

華雄、馬九面面相覷，臉上露出了難色，但是又不敢違抗，只愣在那裡，回答也不是，不回答也不是。

「有難處就說出來，我想辦法解決！」

華雄道：「啟稟侯爺，遷徙百姓沒有什麼大問題，這裡的百姓本來就不喜歡住在那裡，遷徙到城的東面他們還巴不得呢，只不過……只不過招募兩千鄉勇卻很棘手……」

「怎樣的棘手法？」

華雄道：「侯爺，整個陳倉不過才一千戶百姓，只有四千多人，其中絕大部分都是老弱婦孺，就算有健壯的也不見得願意參加鄉勇……侯爺，屬下斗膽問一句，不知道侯爺招募兩千個鄉勇所為何用？」

「這裡離涼州很近，一旦羌胡反叛，勢力頗大時就會進攻三輔，而陳倉也會首當其衝，我要做到有備無患，招募鄉勇，訓練成兵，也可以保衛陳倉。」高飛郎朗地道。

華雄道：「侯爺，請屬下無能，不能為侯爺分憂解難，兩千個鄉勇實在太多，別說十天，就是兩個月也未必能夠在右扶風內招募到，除非……」

「除非什麼？」高飛急忙問道。

「除非在涼州境內進行招募，或許能夠募集到兩千名鄉勇。」華雄緩緩地道：「涼州人多與羌胡雜居，民風彪悍，人皆習武，這兩年涼州收成不好，許多百姓淪為馬刀手，給那些塢堡裡的財主看家護院，如果侯爺真想招募兩千個鄉勇的話，便可以在涼州境內招募，而且這邊一招募，那邊就可以投入戰鬥，比侯爺重新訓練兩千個普通百姓要好的多了。」

高飛聽完，覺得這個主意很不錯，有點雇傭兵的味道，他尋思自己並無太多的錢財，如果當時沒有花那麼多錢，留下一點的話，或許用那些錢招募兩千個雇傭兵還綽綽有餘。

想到這裡，便問華雄：「一個馬刀手是多少錢？」

華雄道：「每人每月一萬錢。」

「一萬錢？」

高飛非常吃驚，因為漢代的一斤黃金等於一萬枚五銖錢，一人一萬兩千個人就是兩千萬錢，也就是兩千斤黃金，而且叛亂可能還要兩個月才來，他到哪裡去弄另外的三千斤黃金啊，現在他全部家當加一起也才不到一千斤金子。

華雄看到高飛吃驚的表情，笑道：「侯爺，擱在以前或許每個人只要五百錢，可是今時不同往日，現在為了能填飽肚子，涼州的馬刀手就是這個價錢！」

高飛擺擺手道：「好了，我知道了，你先下去吧，先將城西的那些百姓遷徙到城東吧，這鄉勇的事，等以後再說。」

華雄、馬九齊聲道：「諾！侯爺，我等告退！」

「哎！」

趙雲聽高飛重重地嘆了口氣，道：「侯爺，屬下以為侯爺不必為鄉勇的事情發愁。」

高飛「哦」了一聲，驚奇地看著趙雲，問道：「你是不是有更好的主意？」

趙雲道：「侯爺是涼州隴西人，對吧？」

高飛點點頭，不解道：「對，這和招募鄉勇有什麼關係嗎？」

趙雲不慌不忙地道：「從陳倉到隴西相隔並不遠，侯爺既然是隴西人，何不衣錦還鄉一趟呢？如此一來，侯爺不就可以從家鄉募集勇士了嗎？而且募集來的都是侯爺的同宗，他們總不至於向侯爺開口要錢吧？」

高飛被趙雲這麼一指點，頓時恍然大悟，歡喜之餘便拍了大腿一下，立刻站起來，一把將趙雲攬在臂彎裡，高興地道：「子龍，你可是幫了我大忙了，我怎麼就沒有想起來呢！」

趙雲謙虛地道：「侯爺過獎了，就算屬下不說，侯爺也會想到的。」

高飛嘿嘿笑了起來，對夏侯蘭道：「去將廖化、盧横叫來！」

「不知侯爺喚屬下何事？」廖化、盧横拜道。

高飛道：「我準備出趟遠門，陳倉裡的一切事宜就暫時交給你們兩個人處理，你們一定要盡心盡力，除了遷徙百姓這件大事要辦好之外，也要好好整頓一下那幫衙役，縣尉華雄是個人才，你們多親近親近。」

廖化、盧橫齊聲應道：「諾！」

高飛又對夏侯蘭道：「你去讓裴元紹、卞喜好好準備一番，明日和我一起歸鄉。」

夏侯蘭問：「屬下能跟侯爺一起去嗎？」

高飛道：「當然，你和子龍都去，廖化、盧橫、周倉、管亥、費安留在陳倉。」

夏侯蘭道：「屬下明白了，屬下這就去吩咐他們。」

廖化、盧橫聽高飛說到「歸鄉」二字，不禁問道：「侯爺要回隴西嗎？」

「嗯，回家看看，順便招募一些子弟兵。」高飛回道。

高飛有自己的打算，帶著裴元紹，是為了方便自己路上吃喝，至於趙雲、夏侯蘭是他的保鏢，當然要帶走，而卞喜嘛，那就是別有深意了。

收拾好行李，交代完該交代的事，高飛便帶著找趙雲、夏侯蘭、裴元紹、卞喜四個人踏上回老家的路。

回家對高飛來說，有點忐忑不安，畢竟他不是真正的高飛，而是靈魂附在這個叫高飛的人身上。他搜索著高飛的記憶庫，印象中，他在老家還有個相依為命的祖母，高氏雖然是隴西大姓，但是高飛的身世有點可憐。

高飛一出生沒有多久，母親便去世了，父親在他三歲時候參加平定羌人的叛亂，最後壯烈殉國，祖母因為不忍白髮人送黑髮人，把眼睛都哭瞎了，幸好有同宗的叔伯照料，才使得高飛茁壯成長。

淒慘的身世在這個年輕人的心裡留下了極大的陰影，他並非天生神力，但心中懷揣著夢想，不甘就此沉淪，因而刻苦鍛煉身體，虛心求學。十二歲那年，機緣巧合下救了一個黑衣蒙面的劍客，劍客懷著感恩的心，教給了他一套槍法。後來劍客突然消失不見，以至於他的槍法還有最後幾招也沒有學全。

不過，饒是如此，也使得少年高飛逐漸在家族內漸露頭角，終於在十五歲那年入選羽林郎，從此進京當了宿衛皇宮的羽林郎騎官。

往事一幕幕的從記憶中被搜索出來，高飛的眼前就如同放映的紀錄片一樣，他長嘆了口氣，不禁對這個英年早逝的少年有了一絲惋惜。可是如果不是這個青年的英年早逝，他的靈魂也許就不會附身在高飛的身上，更加不會有重獲新生的機會。

「高飛，一路走好，我會好好利用你這個身體的。從今以後，**我就是你，你就是我，我們一定會有一個不一樣的未來。**」他心中喊道。

一路上，高飛沉浸在隱隱的不安中，即將面對那個把他撫養成人的老奶奶時，他不知道自己該如何應對。

從陳倉到隴西，中間只隔著一個漢陽郡，沿著西去的官道，高飛等人漸漸走出了陳倉。

西北的景色和河北的不同，沒有一望無垠的平原，多是高山大川，群山環繞中，官道彎彎曲曲，進入漢陽郡時，眼界才豁然開朗，但還是能夠看見連綿起伏的高山。

隴西郡有十一個城，太守的治所在狄道，高飛的家則在襄武。襄武和漢陽郡接壤，高飛帶著趙雲、夏侯蘭、裴元紹、卞喜四個人沿著官道直走便可以抵達。

沿途眾人欣賞了涼州的景色，略微顯得有點荒涼，經常可以見到大戶聚集而居的塢堡，周圍散落著百姓，人口相對很稀少。

走了四天，高飛等人一路上也算是風餐露宿了，除了在漢陽郡的冀城歇過腳補充了一下食物和水源之外，沿途基本上都是在荒野中度過的。

西北風沙大，又是在九月的秋天，空氣也相對比較乾冷，騎在馬背上被冷風迎面吹來，只覺得臉上的皮膚幾乎要被劃開一樣，什麼叫秋風如刀，高飛這一路上總算領教了。

「侯爺，過了這個界碑，我們就進入隴西地界了，襄武也就在前面不遠了。」趙雲指著遠處路邊一塊石碑對高飛說道。

高飛「嗯」了一聲，策馬駛過界碑，襄武就在前面不足四十里的地方。越接近襄武，高飛的心裡越感到一絲沉重，他此次回來的目的很明確，是來招募子弟兵的，可是沿途看到的景象讓他不抱樂觀，人口如此稀少，要想募集到兩千個家鄉勇士，實在有點困難。

走一步算一步吧，能募到多少就募到多少，守不住陳倉，大不了不守了，高飛如此想道。

繼續走了一段路程，如刀的冷風吹動著地面，揚起了沙塵，沙塵捲在冷風裡向眾人襲來。

「注意，起風沙了，下馬到路邊避避！」高飛用袖子擋住臉，對趙雲等人喊道。

卞喜反應十分迅速，立刻找到路邊一處土崗，指著土崗對高飛道：「侯爺，到那邊避一避吧！」

於是五人策馬向土崗奔了過去，然後躲在土崗背後。

「媽的，這就是老子不想待在西北的原因，除了關中平原和河套地區外，其他地方幾乎都是這樣的天氣，不如東北的白山黑水來得自在。」高飛忍不住在心裡暗罵。

約莫十幾分鐘後，風沙沒有停止的意思，而且有愈演愈烈的趨勢。不遠處的官道上的沙石亂飛，猶如風捲殘雲一般，瀰漫著沙塵的大風能見度小於五米，到處都是土黃的顏色。

又等了片刻，高飛等人隱約聽見官道上傳來駝鈴聲，一些大漢吆喝著嗓子，聽那沙塵中的嘈雜的聲音，約莫有個百餘人，口音是純正的西北音。

聲音越來越近，只見一群穿著勁裝的刀客牽著馬從風沙中，朝高飛所在的土崗這邊緩緩行來。

刀客們都是精壯的漢子，在他們的簇擁下，一名面色蠟黃的漢子走了過來，從眾人對那漢子的言行舉止可以看得出來，那漢子是他們的頭目。

刀客們一行百餘人，每個人的手裡都牽著一匹膘肥體壯的西北馬，這些人來到土崗背後，客氣地向高飛等人拱拱手，約三十米長的土崗被這群刀客和他們所牽的馬匹占得擁擠不堪，高飛等人只好讓出地方，站到土崗的邊緣。

「幾位這是朝哪裡去啊？」

沉寂片刻之後，刀客中那個領頭的黃臉漢子朝高飛走了過來。

「襄武！」高飛簡單地回答那個黃臉漢子的話。

黃臉漢子臉上帶著一個刀疤，下頜留著捲曲濃密的鬍子，一直延伸到兩鬢，眼窩深陷，一雙炯炯有神的眼睛朝高飛身上打量了幾下，然後操起他的西北口音，笑呵呵道：「聽口音幾位似乎是關東來的，見各位的穿著打扮，也不像窮人，是來襄武購買馬匹販到關東嗎？」

高飛搖搖頭，他對這個黃臉漢子沒什麼好感，主要是這漢子臉上的刀疤，讓他顯得有幾分猙獰，而且從那漢子身後的百餘名刀客的眼神裡也能看出一絲殺機，覺得這夥人是不折不扣的馬匪。

「回鄉探親！」

「哦？」黃臉漢子臉上露出驚奇之色，「小兄弟是襄武人？」

高飛點點頭。

黃臉漢子向前跨了一步，道：「真是巧啊，我也是襄武人，說起來咱們還是同鄉呢。在下李文侯，未請教小兄弟姓名？」

「李文侯？不就是那個和北宮伯玉一起造反的人嗎？真倒楣，怎麼遇到這樣一個貨色，居然跟他還是同鄉。看他帶著這一行百餘人，莫不是去湟中找北宮伯玉商量造反的事吧？」

高飛對這段歷史還是知道的，不久後，湟中義從反叛大漢，共同擁立北宮伯玉、李文侯為將軍，一路燒殺搶劫，到了金城的時候，劫持邊章、韓遂一起造反，弄得整個涼州以後的幾年裡都不曾消停過。

「在下高飛！」

知道了李文侯的來歷，高飛雖然不喜歡他，可人家背後還有百十號兄弟呢，便禮貌地回答了李文侯的問話。

不曾想李文侯聽到高飛的回答大驚失色，忙道：「閣下莫不是平定河北黃巾，因而封為都鄉侯、食邑陳倉的高飛高子羽？」

高飛沒想到自己的事傳得那麼快，笑道：「正是在下。」

李文侯趕忙畢恭畢敬地拜道：「小人李文侯拜見侯爺。」

「不用客氣。」高飛道。

李文侯道：「真是英雄出少年啊，沒有想到咱們襄武也出了一個侯爺，侯爺可真是給咱們襄武人的臉上增光了。可惜小人名字裡有個侯字，卻只能幹給人看家護院的勾當，真是給襄武人丟臉。」

高飛聽到李文侯如此說話，似乎覺得李文侯現在還沒有要造反的念頭，而且對自己也是畢恭畢敬的，他的思維突然發生了質的轉變：

「我只想到如何去抵禦叛軍進攻，差點忘記了官逼民反的至理名言了，或許這些人並不想造反，而是被生活所迫，不得已而為之，不然的話，怎麼會有那麼多涼州人一起跟著造反，聲勢浩大不說，而且所到之處都能迅速拉起幾萬人馬。「歷史記載北宮伯玉造反是十一月的事，現在是九月，或許我能利用時間差來制止這場造反，然後拉起一支隊伍，再帶他們到東北老家發展，嘿嘿，我真是太聰明了。」

想到這裡，高飛心中一陣竊喜，便對李文侯道：「都是同鄉，我能做到，你也一定能做到。對了，你也是回鄉嗎？」

李文侯搖搖頭，冷笑道：「回鄉？回去幹什麼？能填飽肚子嗎？小人可不像侯爺有食邑。」

高飛聽出幾分譏諷和不滿，人和人之間確實有差別，古代也不例外，「王侯將相寧有種乎」是很好的證明。

「那李兄這是？」

「去湟中，護羌校尉大人在那裡招募義從，我就是帶著人去參加官軍的，為朝廷打仗，也想撈個侯爺當當。我的手下雖然不多，但都是身經百戰的精銳馬刀手，常與羌人交手，有這一百多人做為根基，混個屯長、軍侯之類的不成問題。」

高飛聽完李文侯的話，思慮了一番，問道：「李兄可否願意到我的手下做事？」

李文侯婉拒道：「侯爺的好意，小人心領了，只是小人已經和好友約好了，一起去參加義從的，小人不想爽約。」

高飛臉上堆起了笑容，客氣地道：「那李兄可否等我一兩天，我想隨你一起去湟中看看，我恰巧也有一個好友在湟中，想去走訪一下。大家都是同鄉，一路上也有個照應，不知道李兄意下如何？」

李文侯想了想，道：「好吧，既然侯爺願意和小人一起上路，那也是小人的福分，正好我這些手下也想回去看看家裡，畢竟都出來那麼久了，還一次都沒有回去過呢。」

風沙停歇的時候，已經是一個時辰後的事，一經停歇，高飛便帶著趙雲等人和李文侯的馬刀手隊伍一起回襄武，一百多騎兵浩浩蕩蕩的策馬狂奔，確實有一種雄壯的姿態。

到達襄武，守在城門邊的衛士都認識李文侯，向李文侯寒暄幾句，便讓他們進城了。

一進城，李文侯便對部下說道：「兄弟們，都回家看看吧，明天一早在西門外集結，別誤了時辰！」

聲音落下，那一百多個馬刀手們立即一哄而散，朝城裡散去。

李文侯朝高飛拱拱手，道：「侯爺，明日辰時三刻，我等在西門外等候，如果過了時辰侯爺未到，那我們便自己走了。侯爺保重，小人告退！」

高飛道了聲珍重，便見李文侯策馬而去。

「侯爺，這個人能讓手底下這一百多號人如此言聽計從，也算是個人物，侯爺要是有心讓他為侯爺效力，還須極力拉攏才對。一路上走來，涼州的人口確實很稀少，並不像想像中的那麼多人，光在侯爺家鄉一地恐怕無法募集到兩千人。」趙雲建言道。

高飛道：「你說得不錯，我正是因為這個原因，才想去湟中看看的，既然我的名聲已經傳到這裡了，或許能夠招募到兩千人，或者更多。李文侯之所以拒絕我，只不過是不想失約而已，總之，今天先回家探親，明天跟他們去湟中，回來再募集高氏的子弟兵。」

趙雲稱讚道：「侯爺英明。」

高飛看了眼卞喜，道：「卞喜，我想請你辦一件事，不知道你可否願意？」

卞喜自從跟隨高飛從陳倉出來，心裡就一直很納悶，趙雲、夏侯蘭是高飛的貼身侍衛，裴元紹有著一手的好廚藝，路上也用得著，而他自從跟隨高飛以來，並沒有受到太大的重用，而且他投靠高飛也是逼不得已，雖然後來發現高飛對他還算不錯，卻沒有真正當他是心腹，所以他一直想不通這次為什麼要帶他出來。

聽到高飛終於主動開口和他說話了，便抱拳道：「侯爺有事儘管吩咐，屬下自從跟隨侯爺以來，便一直想為侯爺辦事，刀山火海也去得。」

高飛笑道：「刀山火海我用不到你去，我讓你去金山錢海裡走一遭，你可願意嗎？」

卞喜一時糊塗，沒有猜透高飛的意思，便問道：「金山錢海？侯爺的意思是？」

高飛道：「你最拿手的是什麼？」

卞喜略微一想，便恍然大悟，當即小聲叫道：「侯爺，你是讓我去偷……去取錢財？」

高飛道：「不錯，我正是這樣的一個意思，來的時候我都打聽好了，涼州大戶不少，隴西就有三家，我明天和趙雲、夏侯蘭、裴元紹三個人去湟中，你就留在隴西，我回來的時候，就看你能弄多少錢了。不過，你要記住，只取錢，不殺

人，而且只能取這三家大戶的錢財。」

卞喜歡喜地摩拳擦掌，沒有想到高飛居然讓他幹自己的老本行，他已經好幾個月沒有幹過這樣的勾當了，心裡不免有點癢癢，當即道：「侯爺放心，屬下一定不讓侯爺失望的，到時候侯爺還是回襄武吧？」

「嗯，至於你把錢財藏在何處，我管不著，只要我回來的時候能見到這些錢財就行了。」

卞喜重重地點了點頭。

襄武城要遠遠大於陳倉，四縱八橫，儼然一派大城的風範，只可惜人口卻少得可憐，雖然城池要大陳倉三四倍，可依舊顯得冷冷清清。

高飛順著記憶中的道路緩緩地策馬走著，經過幾個彎之後，便進入一條巷子，巷子口寫著「高家巷」三個字，是這裡無疑了。

巷子很深，門挨門的獨立院落就有二三十座，他帶著趙雲等人一路向前行走，看到的院落都差不多，沒有什麼太大的區別，彷彿是一個模子裡刻出來的。

高飛停在其中一處院落的門口，翻身下馬，懷著不安的心情伸手敲了敲門。

「誰啊？」院落裡傳來一聲蒼邁微弱的聲音。

「是我，子羽！」高飛朝門裡喊道。

緊接著院落裡傳來枴杖點地的聲音，門開了，一個老態龍鍾、雙目失明的老婦，穿著破舊帶著補丁的衣服映入高飛的眼簾。

老婦乾癟瘦弱的身體讓他十分震撼，他總算知道了什麼叫皮包骨。

本不該屬於他的親情，卻帶給他一種很奇妙的悸動，他的眼眶裡湧現出淚花，淚水很快便氾濫成災，忍不住內心的激動，一把抱住老婦，叫道：「奶奶，子羽回來了，回來看你了！」

老婦拋下手中的枴杖，伸出手，在高飛的臉龐上摸了摸，碰觸到高飛臉上的淚水，急忙用手擦拭了一下，臉上現出十分高興的神情，喊道：「是子羽，果然是子羽，是我的好孫兒子羽。」

祖孫倆真情流露的相擁，讓一旁的趙雲、夏侯蘭、裴元紹、卞喜四人也感同身受，百善孝為先，讓他們也想起了自己的親人。

高飛的祖母急忙將高飛迎入家裡，家裡的擺設十分簡陋，一個瞎了眼的老婦能奢求什麼，若不是同宗之間的相互照顧，估計早就不在人世了。

祖母激動萬分，三年來從未有過的笑容在這一刻綻放開來，向左鄰右舍大聲喊著「我孫兒子羽回來了」，立刻在高家巷引起了轟動，原本冷清的高家巷很快變得熱鬧起來。

許多看著高飛長大的長輩都湧進院子裡，這一切對高飛來說，似乎這裡真的是他的家，也讓他感受到家族帶來的溫暖。

高飛因功封侯的事早就傳到這裡，族長急忙讓人殺豬宰羊，準備好酒好菜，招待宗族裡唯一一個成為侯爺的人。

裴元紹這時挺身而出，主動要求下廚，宗族裡的人歡聚在高氏祠堂裡大擺酒宴。

都鄉侯到來的消息經過眾人奔相走告，很快便驚動了整個襄武城，大家爭先恐後的來看看襄武城近百年內唯一的一個侯爺。

縣令、縣尉更急忙來巴結，送上賀禮，聊表寸心。一時間，萬人空巷，高飛應接不暇，不管認不認識，都陪個笑容。歡聲笑語一直到深夜。

當送走最後一名客人之後，原本擺設簡陋的家裡堆滿了禮物。

夜晚很靜，月亮用它皎潔的月光普照著大地，空氣依舊十分的清冷，白天的熱鬧並不能揮去高飛心中的憂慮，一想到即將發生的涼州叛亂，他便覺得湟中之行非去不可，為自己，也為了這些涼州百姓。

「侯爺，夜深了，還不休息嗎？」

趙雲遞過來一件披風，是白天縣令大人送的禮物，在這樣一個清冷的夜裡，正好派上用場。

高飛看著遠方的天空，淡淡地道：「我睡不著！」

趙雲看出高飛心裡裝著心事，見四下無人，便道：「侯爺是不是有什麼心事？說出來，屬下也許能夠為侯爺排憂解難。」

「祖母睡下了吧？」

「睡下了，估計老夫人這一夜會睡得很香。」

「子龍，你說，我要是將整個宗族全部遷徙到別的地方，他們會願意嗎？」

高飛明白古代人對家鄉的看重，少小離家老大回，不管走多遠，心中都有著對家鄉土地的牽絆。

趙雲不知道高飛所指何意，就事論事地道：「侯爺，如果祖輩在一個地方住慣了，突然間要搬走的話，只怕會有許多捨不得。侯爺是想將高氏宗族遷徙到陳倉嗎？」

「不！到東北，遼東郡。」

高飛始終對東北念念不忘，因為他覺得與西北相比，他更喜歡東北。對高氏宗族，他也是做了一番思慮的，**畢竟他占用了高飛的身體，那他就應該替高飛好**

好照顧好他的宗族，如果連自己的宗族都照顧不好，還談什麼爭霸天下。

「遼東？恐怕會困難重重，路途遙遠不說，且地處偏僻，何況侯爺的宗族世代都居住在涼州，只怕沒有幾個人會同意。」

高飛也很明白，就像他一直對東北念念不忘一樣，他此刻腦中在想，明天去湟中，如果能夠順利的解決叛亂的事，收服北宮伯玉、李文侯等人，他就考慮在涼州留下來，在關中稱王也未嘗不可。如果解決不了的話，他只能強制的將宗族先遷徙到陳倉，等過了這場叛亂後，再向東北進發。

「天色晚了，都累了一天，你也去休息吧！」

趙雲「諾」了一聲，陪同高飛一起走進屋內，然後自己也回房去了。

早晨，高飛暫時辭別祖母，帶著趙雲、夏侯蘭、裴元紹三個策馬來到襄武城的西門外。那裡已經聚集了李文侯和他的一百多個手下，大夥看見高飛到來，顯得十分恭敬。

李文侯抬頭看了看天空，笑道：「辰時一刻，侯爺來得真早！」

高飛道：「你們來得更早，你的人都到齊了嗎？」

「一刻鐘前就到齊了，侯爺，我們出發吧！」李文侯道。

高飛點點頭，輕喝一聲，便和李文侯策馬奔跑到隊伍前列，朝湟中方向駛去。

第九章
毒士賈詡

「閣下是？」高飛見這人一身漢服打扮，忍不住問。

那人欠身道：「在下賈詡，字文和，武威人士。」

高飛聽到來人自稱賈詡，再次打量了一番，心中詫異，萬萬沒有想到人稱「毒士」的賈詡會出現在北宮伯玉的陣營裡。

湟中不是一座城，只是一個地區的泛稱，就如同關中、河套之類的。

湟中在涼州金城郡境內，那裡有一條湟水，沿著湟水兩岸的地區被稱為湟中，這裡湟中主要是指金城郡允吾、破羌、安夷三縣，而非是現在的青海境內的湟中縣。

一行人在李文侯的帶領下逐漸向目的地駛去，為了路上不至於寂寞，高飛便和李文侯閒聊起來，主要聊一些關於湟中的事，當然少不了向李文侯打聽一下北宮伯玉的情況。

北宮伯玉並非漢人，而是一名胡人，屬於月氏胡，追溯其先祖便是西域大月氏人。

月氏本在張掖、酒泉兩地，月氏王為匈奴大單于冒頓所殺，後人也相對分散，大部分向西而遁走，越過蔥嶺發展，只有少數的一部分留在了張掖，號曰義從胡。西漢時，霍去病大破匈奴，取西河之地，開發湟中地區，於是這些留下來的月氏人便前來投靠漢朝，從此留在了湟中，久與漢人、羌人雜居，漸漸地被漢化，名號也被稱呼為湟中義從，不再以胡自居，但事實上，漢人還是稱呼他們為胡人。

這次李文侯應北宮伯玉之邀，便是要和他一起去參加護羌校尉的軍隊，二人相約在破羌和安夷兩縣中間的洛都谷會面，那裡是北宮伯玉居住的地方。

一路上風餐露宿，高飛也漸漸地習慣了，只是在吃飯方面略有不同，西北人喜歡吃羊肉，他們隨身攜帶一些製好的乳酪，比埋鍋造飯要方便省事多了。可高飛、趙雲、夏侯蘭、裴元紹四個都是漢人，偶爾吃一頓會感到新鮮可口，可一天到晚吃這些東西，便覺得膩味，於是每次吃飯的時候，高飛等人都要埋鍋造飯，打點野味，交給裴元紹來做成美味。

涼州人大都弓馬嫻熟，隨身帶著弓箭和馬刀，打獵也很隨意，自從吃過裴元紹做的菜後就讚不絕口，於是打到的獵物都交給他進行烹飪。

高飛和這些西北大漢相處了幾天之後，漸漸地對涼州彪悍的民風所折服，這也讓他聯想起為什麼後來馬超的西涼軍團會如此的厲害了。

越朝西走，高飛就越感覺和中原不一樣，地質風貌自然不說，就連沿途所見百姓的生活習慣也不一樣，偶爾會在路上聽到羌笛的聲音，也會碰到成群結隊的羌人。那些個羌人個個身強體壯，見到他們倒都是很客氣。

高飛不禁道：「都說羌人民風彪悍，看到他們如此客氣，真的很難感受出來。」

李文侯冷笑說：「別看這些人如此客氣，真拼起命來，可不是好惹的，如果不是我們這行人有百餘個，估計早就被他們放倒了。平常十幾二十個人獨自行走就會遇到麻煩，這些羌人都是窮人，只要見到錢就搶，官府也管不了，你這邊派人管了事，那邊羌人就會湧出四五千人將你團團圍住，就是要把你嚇破膽了，看以後誰還敢管。」

高飛聽到這話，本來逐漸喜歡上了涼州，頓時變得煙消雲散，發出豪語道：「老子要是有一兩萬軍隊，看我不把這些羌人治得服服貼貼的，讓他們統統跪下唱征服！」

李文侯聽了，哈哈大笑起來。

「李兄，我們已經走了這麼多天了，還有多久能到？」高飛有點不耐煩了，問道。

「不遠了，大約十里就到了。」

又繼續前行一陣子，高飛便看見一處低窪的谷地，兩側是山地，山地中間有一條山道，山道並不長，可以清楚地看見岩壁，居然是一條死胡同。

兩側的山地上依稀可以看見幾個浮動的人影，緊接著便是一陣號角聲傳來，山地兩側瞬間浮現出來二三百號人，紛紛滿弓待射，驚得眾人座下馬匹發出了焦躁的嘶鳴聲。

一個人朝這邊喊話道：「大路朝天……」

李文侯應道：「各走一邊！」

對面隨即傳來一個聲音：「請問閣下是誰？進洛都谷有何貴幹？」

李文侯道：「在下李文侯，應北宮伯玉之邀，帶一百三十號兄弟前來一會！」

對面山坎上的人隨即擺擺手，示意放行，那些人紛紛下了山頭，頓時消失得無影無蹤，只剩下山坎上的那個人孤零零地站在那裡，拱手道：「原來是李大哥，有失遠迎，谷主已經等候多時了，還請李大哥快快入谷吧！」

李文侯拱手道：「有勞兄台了！」

高飛聽到李文侯和那人的對話，覺得很有意思，就像是進了山賊的寨子一樣，好奇地東張西望。

只見站在山坎上的那個人轉身高呼道：「是谷主請來的客人，請開門！」

聲音叫畢，正前方山道中的岩壁發出轟隆隆的聲音，岩壁上隨之裂開一個圓形大口，一個山洞的洞門就此打開，露出了一條幽深的洞口。

「如此藏身之處，簡直是匪夷所思！」高飛驚嘆叫道。

李文侯呵呵笑道：「小人第一次來的時候，也是驚嘆不已。洞門已經打開，我們進谷吧！」

沒等高飛反應，李文侯便輕喝一聲策馬而去，高飛緊隨在後。

眾人來到洞口，見洞口似乎是人工雕琢而成，而且山洞並不深，站在洞口完全可以看見對面的另外一個洞口，居然是一條隧道，而堵住洞口的卻是一尊圓形大石，如果不走進仔細看的話，從遠處絕對會以為這是岩壁的一部分。

高飛不得不佩服建這個山谷的人獨具匠心，如果不是親眼所見，還真無法想像有這樣隱秘的地方。

一行人很快便通過山洞，從另外一個洞口出來後，才發現裡面竟是別有洞天。所謂的洛都谷居然是一個小型盆地，四周環繞著懸崖峭壁，中間是低窪平整的谷地，面積不算太大，卻可以與襄武城相比，谷地被打磨得十分平整。峭壁上都是人工雕刻的石屋，沿著階梯盤旋而上，足足有四層之高，而且每間石屋都住著人，馬匹放置在谷地中央，差不多有兩千多匹膘肥體壯的駿馬。

「沒想到天下還有如此之地。」趙雲嘆道。

話音剛落下，便聽見從左手邊傳來一陣急促的腳步聲，一個中年漢子歡喜地走了過來。

那漢子穿著一身胡人的衣服，身材魁梧，渾身上下都是肌肉，讓人一看便覺得這人絕對是個重量級的人物。

「哈哈，李老弟，你總算來了，可想死我了！」一出口便是純正的西北口音，渾厚的聲音也讓人聽起來十分舒服。

李文侯笑了笑，向漢子拱手道：「北宮兄，我不曾失約吧？」

這人正是北宮伯玉！

他看了眼李文侯身邊的高飛，又看了看高飛身後的趙雲、裴元紹、夏侯蘭三人，問道：「李老弟，這幾位如此面生，可是你新招的兄弟？」

李文侯拉來高飛道：「北宮兄，這位就是平定河北黃巾，斬殺張氏兄弟的高飛高子羽，另外幾位是侯爺的隨從。」

北宮伯玉不敢置信的看著面前的年輕人，拜道：「原來是朝廷新封的都鄉侯，我還以為是個半老的人呢，沒想到居然是如此年輕，真是失敬失敬。」

高飛連忙回道：「谷主客氣了，我只是為大漢出了一點力而已。」

北宮伯玉道：「哎！可惜涼州沒有鬧過黃巾，否則的話，我也能為朝廷立功。」

李文侯見北宮伯玉說到了傷心處，急忙打岔道：「北宮兄，你還不知道吧，我和侯爺可是同鄉呢，侯爺也是襄武人。」

北宮伯玉道：「怪不得呢，難怪能一舉平定河北的黃巾。這裡不是說話的地方，侯爺大駕光臨，就請跟我到寒舍一敘吧！」

「有勞谷主了。」高飛拱手道。

高飛跟著北宮伯玉來到一間岩壁雕琢的石屋，趙雲、夏侯蘭、裴元紹三人則緊隨其後，不離高飛寸步，整個洛都谷的氣氛讓人覺得很是緊張，雖然只看到北宮伯玉一個人，可是四人都隱約感覺到有幾千隻眼睛在盯著他們看。

石屋裡的桌椅都是石頭打磨的，北宮伯玉示意高飛和李文侯都坐下，趙雲等人則侍立在高飛身後。

三人坐定之後，北宮伯玉便道：「在下不知侯爺大駕光臨，有失遠迎，還請侯爺恕罪！」

高飛客氣地回道：「北宮兄太過客氣了，你我都是涼州人，也算半個同鄉，既然大家都是同鄉，又何必分什麼彼此？」

北宮伯玉畢竟是個胡人，脾氣十分的豪爽，本來就不喜歡客套的他，一聽高飛的這句話，隨即露出了本色，哈哈笑道：「既然如此，那我也就不和侯爺見外了。侯爺屈尊來到寒舍，有句話怎麼說來著……哦，叫蓬蓽生輝啊。我是個直腸子，也就不拐彎抹角了。侯爺大駕光臨此地，不知道有何見教？」

高飛忙道：「是這樣的，我在中途遇到李兄，知道李兄應北宮兄之邀來湟中，恰巧我也有個朋友在湟中，順便一道過來看看，叨擾北宮兄之處，還請多多海涵。」

北宮伯玉聞言，看了眼李文侯，見李文侯微微點點頭，便道：「侯爺太客氣了，我和侯爺都是涼州人，也算半個同鄉吧，既然到了我這兒，就不要跟我客氣，當這裡是自己的家好了，侯爺想住多久就住多久。來人啊！」

聲音落下，便見從石屋外走進一個胡服打扮的大漢，當下應道：「谷主有何吩咐？」

北宮伯玉道：「谷裡來了貴客，去吩咐一下，弄些好酒好肉來。」

胡服漢子「諾」了一聲便退下。

北宮伯玉瞧了瞧高飛背後的幾人，覺得三人中趙雲英武不凡，胡人敬重英雄，便忍不住問道：「不知侯爺身後這位兄台如何稱呼？」

趙雲欠身道：「在下常山趙子龍！」

北宮伯玉沒有聽過趙雲的名頭，但是對趙雲已經有了三分喜色，加上胡人對禮節方面不那麼講究，便指著周圍空的石凳道：「三位既然是侯爺的親隨，不如一同坐下，共同飲酒吃肉如何？」

趙雲、夏侯蘭、裴元紹三人面面相覷，面露難色，畢竟沒有高飛的命令，不敢私自亂動。

高飛笑了笑，對趙雲等人道：「都坐下吧，難得谷主不計較。」

趙雲等人這才敢坐下，六人圍著一張圓形的石桌坐定，倒有點吃酒席的氣氛。

隨後北宮伯玉和李文侯又對高飛歌功頌德一番，不外乎說什麼年輕有為，前途無量之類的讚美話，吹噓得高飛也有點飄飄然了。

不多時，酒肉上桌，眾人便是一番海吃豪飲，絲毫不忌諱什麼。酒足飯飽之後，北宮伯玉便讓人給高飛等人安排房間，和李文侯一起送走了高飛等人。

再次回到石屋時，北宮伯玉一改和顏悅色的態度，厲聲問道：「文侯老弟，你是從哪裡遇到這個侯爺的？你將他帶來，難道不怕壞了我們的大事嗎？」

李文侯嘿嘿乾笑兩聲，道：「兄長不必煩惱，這正是小弟的用意所在。兄長想想，高飛是咱涼州人，平定河北黃巾的事早已傳遍整個涼州，如果借助他的名聲登高一呼，定能招攬到不少漢人子弟，兄長之所以從武威、張掖、酒泉等地綁架那麼多名望高士，不就是為了這個嗎？」

北宮伯玉道：「他的名聲是比其他的高士響亮，可他畢竟是朝廷親封的都鄉侯，堂堂一個大漢的侯爺能跟我們一條心嗎？」

李文侯道：「兄長，既然他來到這裡，那就由不得他了，還不是一切聽從我們的擺佈嘛？就是不知道羌人那邊準備的怎麼樣了？」

北宮伯玉道：「先零羌、參狼羌、白馬羌都已經準備的差不多，就等燒當羌了，估計下個月就可以起事了。」

李文侯道：「那就好，這些羌人只要一反，小弟和兄長也可以趁勢而起，趁著中原黃巾未平，可以先寇金城，然後向隴西、漢陽進發，最後直逼三輔，一旦攻破了長安了，咱們就可以將關中以西據為己有了。」

北宮伯玉道：「你這主意不錯，不過咱們現在缺少的就是有智謀的人，金城人邊章、韓遂頗有智謀，我已經派人去請了，估計過兩天就到，到時候就用都鄉侯高飛的名義起事，等占領了關中之後，再以清除叛逆的罪名將其除去，關中和涼州還不都是我們兄弟的嗎？」

李文侯豎起大拇指，一臉奸笑道：「兄長高明。」

北宮伯玉又叫來人，吩咐再給高飛等人送去幾罈好酒，對他來說，高飛是他手中一張重要的牌，不敢有絲毫怠慢。

天色漸晚，高飛坐在屋內，看著忽明忽暗的燈火，尋思著自己明天該用什麼樣的話來說服北宮伯玉和李文侯跟著自己。

正想得出神，卻見趙雲站在門外，對他施了一禮：「侯爺！」

「子龍，都這麼晚了，你還沒休息啊？進來吧！」

一扇木板便代替了房門，輕輕一挪便可以進入，一點安全感都沒有。

趙雲應了一聲進入石屋，走到高飛身邊，貼在高飛耳邊竊竊私語一番。

高飛聽後，臉上一驚，小聲問道：「你說的都是真的嗎？」

趙雲道：「千真萬確，屬下剛才想去解手，無意間看到的，就在這裡不遠處。」

高飛納悶道：「難怪平時看不到什麼人，可是他們抓那麼多漢人幹什麼？」

趙雲搖了搖頭，道：「侯爺，屬下還隱隱覺得有人一直在遠處監視著我們，從一開始進入這個所謂的山谷便有這種感覺了。」

「我也隱隱感覺到，可是就是說不出有什麼地方不對。夏侯蘭、裴元紹呢？」

「在房間裡，屬下讓們兩個嚴加防範，一旦有什麼突發狀況就來這裡。侯爺，你說我們是不是進了賊窩了？這夥人是專門靠販賣人口為生的啊？」

高飛搖搖頭道：「恐怕沒有那麼簡單，你一共看到多少個漢人？」

「差不多有十幾個吧，而且看他們的打扮，應該都是飽學之士的儒生。」

高飛隱隱覺得有什麼不對勁，忽然想到歷史上北宮伯玉和李文侯劫持邊章、韓遂一起造反的事來，背脊上感到一絲涼意，尋思自己是不是也將像邊章和韓遂一樣，被劫持著造反？

石屋內鴉雀無聲，除了趙雲和高飛的呼吸聲外，就只聽到蠟燭上火苗跳動的聲音，外面也是靜得可怕。

這種寂靜只持續了片刻，接著兩人便聽到一陣十分輕盈的腳步聲，正緩緩向石屋這邊走來。

「噓，有人！」高飛和趙雲聽出不對勁後，異口同聲地道。

高飛示意趙雲坐下，給趙雲倒了杯酒，故意大聲道：「子龍，你跟我這麼久了，沒有功勞也有苦勞，辛苦你了。」

趙雲立刻明白高飛的意思，接過酒，笑道「多謝侯爺」，便將酒水一飲而盡，此時腳步聲停了下來，石屋門口多出一個身影。

「侯爺大駕光臨，在下白天未能得見，實屬遺憾，現在深夜造訪，多有不便，還請侯爺多多恕罪，但未知侯爺可否願意與在下一敘？」

來人穿著一襲墨色長袍，雙手抱拳，寬大的袍袖在石屋外面的夜風中微微擺動，看不清面孔，加上在夜色的籠罩下，彷彿是一尊從黑夜中走來的靈魂，但是說話卻是道地的官話。

高飛雖然沒有看見這人面孔，但是可以確定此人並非胡人，胡人說不出如此婉轉客套的話來，而且口音也絕對不會有如此純正的官話。當即站了起來，朝石屋外拱手道：「來者是客，客人請進！」

那人向前跨了一步，在屋內燈光照射下，露出了他的面容。

他個頭不高，三十五歲到四十歲年紀，身材壯實，面色微微呈現古銅色，下頷帶著幾寸長的青鬚，濃中見清的雙眉下嵌有一對像寶石般閃亮生輝的眼睛，寬廣的額頭顯出超越常人的智慧，沉靜中隱隱帶著一股能打動任何人的憂鬱表情，使人感到難以捉摸。

「閣下是？」

高飛見這人一身漢服打扮，而且又極其儒雅，忍不住問。

那人微微一笑，欠身道：「**在下賈詡，字文和**，武威人士。」

高飛聽到來人自稱賈詡，再次打量了一番，心中有一絲詫異，萬萬沒有想到人稱「**毒士**」的賈詡會出現在北宮伯玉的陣營裡。

驚詫之下，他沒有忘卻應有的禮儀，微微一抬手，示意賈詡坐下，邀請道：

「原來是賈先生，先生快請坐，能得見先生一面，真是人生一大快事。」

賈詡看高飛對他如此客氣，沒有說什麼。

說到名士，賈詡此時並不出名，甚至還不如邊章和韓遂的名氣大，雖然當過一次官，可是並不理想，後來辭官在家，便沒有再出仕，而是在家中靜待時機。

高飛見賈詡坐下，便朝趙雲使眼色，趙雲給賈詡倒了杯酒，推到賈詡的面前。

賈詡見高飛年紀不大，可舉手投足間，卻有著儒雅的氣息，與他聽到的征戰沙場，平定黃巾的領兵將軍形象有所不符，心中也多了一分好感；再觀高飛面相粗獷，卻隱隱含著一種極其攝人心魄的威嚴，心中便暗自打定了主意。

高飛見賈詡不住地打量著自己，又見他捋了捋鬍鬚，眼角微微揚起，不知道賈詡是何來意，便主動問道：「先生深夜造訪，必有要事，不知先生有何見教？」

賈詡斜眼看了眼趙雲，似乎覺得有旁人在場，說話極為不便，便沒有出聲。

高飛會意，當即道：「子龍是我心腹，情同手足，先生有話儘管說，不必有所顧慮。」

賈詡道：「侯爺誤解了在下的意思，能被侯爺帶在身邊的人，自然是侯爺心腹，可是在下唯恐隔牆有耳，所以想請這位壯士到門外把守。」

高飛隱隱覺得賈詡似乎有什麼密事要和他講，更何況他見到賈詡也是十分歡

喜，希望能夠有這樣的謀士跟在自己身邊，便對趙雲喊道：「子龍。」

無需多言，趙雲立刻會意，站了起來，走到石屋外面守著。

賈詡見趙雲出去了，輕聲說道：「侯爺平定河北黃巾的事，在下亦有耳聞，不知道侯爺此番前來，所為何事？」

高飛道：「哦，我是前來探望好友的，途經此地，見谷主盛情相邀，便逗留一二日。」

賈詡壓低聲音道：「侯爺可知已經陷入險地乎？」

高飛驚道：「此話怎講？」

賈詡道：「侯爺只當是來這裡做客，可是谷主並非如此待侯爺，而是另有所圖。如今侯爺身陷險境，縱使想走，也無法脫身了，只怕侯爺會身敗名裂。」

高飛問道：「先生能否詳細相告？」

賈詡透露道：「侯爺如今聲名遠播，這正是北宮伯玉利用侯爺之處，北宮伯玉早有反意，這一年來更是勾結羌人，只因為羌人還未準備妥當，加上自己名聲不足以震懾整個涼州，所以未敢公然反叛。侯爺此來，正好成了北宮伯玉的替罪羊，當真是**羊入虎口**矣！」

高飛也很納悶，怪不得李文侯一路上對他畢恭畢敬的，原來是早有預謀。他本來是借這個機會說服李文侯和北宮伯玉為他所用，不曾想自己倒是落入了虎口不能自拔。

他見賈詡十分淡定，而且言語不慌不忙，加上早就知道賈詡是個著名謀士，便道：「先生既然肯將密事相告，莫非也是被北宮伯玉所抓？」

賈詡搖搖頭道：「非也，在下是為生計所迫，不得已而為之。」

接著，高飛便聽賈詡說出了他的難處。

原來賈詡名聲並不響亮，自從辭官之後，沒有了俸祿，可一家子人要吃飯啊，又不能讓妻兒挨餓受凍，便自己出來想找個差事，正巧碰見北宮伯玉暗中招兵買馬，需要一個識文斷字的人，而且所出的傭金不菲，所以暫時屈身在此。後來瞭解到北宮伯玉是在為造反做準備，後悔也為時已晚，只好表面應承，私下卻想著該怎麼逃跑。

高飛聽完，覺得以現在的局勢來看，賈詡並不難收服，無論名將還是謀士，都需要一個伯樂來發掘，高飛覺得北宮伯玉造反是遲早的事，便對賈詡道：「先生以此重要機密相告，難道就不怕北宮伯玉起疑心嗎？」

賈詡笑道：「侯爺放心，在下在北宮伯玉面前還算頗得信任，只是今日聽聞侯爺到來，想侯爺也是征戰沙場的人物，必然有能力能夠逃出去，所以在下冒險求見侯爺，希望能得到侯爺的幫助，共同逃離此地。」

高飛聽完，這才明白，原來賈詡是不想當反賊，想借他的武勇來幫自己逃出去，他嘿嘿笑了笑，問道：「先生與我只今日一面之緣，便對我推心置腹，難道先生不怕我和北宮伯玉同流合污嗎？」

賈詡笑道：「如果在下沒有這個把握，又怎麼敢和侯爺說這些事情？」

高飛聽後，不管賈詡是不是在用他做一場賭局，總之是押對寶了。

「先生既然有把握，想必早就想好逃離此地的策略了吧？」

賈詡點點頭道：「侯爺說得不錯，我早已想到了，只是我手無縛雞之力，與這些羌胡大漢相比，是決計逃不出去的，如果侯爺願意助我逃出賊窩，與家人團聚，我願意效忠侯爺。」

運氣好的時候，擋都擋不住，高飛覺得這些天，他的運氣爆棚，除了誤入賊窩這件事外，聽到賈詡這樣說，當然是欣然接受，不管賈詡是權宜之計，還是真心的投靠，對他來說，都是一種莫大的歡喜。

高飛當即道：「不知先生有何妙計？」

賈詡道：「妙計不敢當，只是一個絕好的機會而已，不然在下也不會深夜造訪。我已探聽到，明日北宮伯玉要去西羌，只有李文侯留守山谷，李文侯和侯爺是同鄉，侯爺大可以此為名宴請李文侯，就在酒宴上挾持李文侯，對其他人產生威懾，使得他們不敢亂動，我等方能逃出此地。」

高飛道：「好，那就依照先生之計行事，一切全仰仗先生了。」

二人商量已定，賈詡也怕待久了引起胡人懷疑，便隨即告辭。

賈詡走後，趙雲走了進來，問道：「侯爺，此人可信嗎？」

高飛道：「可信，不僅可信，以後還將是為我出謀劃策的智士。明日你且暗中觀察北宮伯玉何時出行，然後便去請李文侯前來一敘。」

趙雲「諾」了一聲，道：「那些被關押的文人怎麼辦？」

「到時候一同救走，留在這裡只能是禍害。」

「屬下明白，屬下這就去吩咐夏侯蘭和裴元紹小心應付。」

到了第二天，北宮伯玉果然帶著一隊人馬出去了，趙雲便請李文侯到高飛那裡喝酒。

正午時分，李文侯興沖沖地來到高飛的石屋，二人寒暄了幾句，隨即裴元紹便親自弄來酒肉。

高飛和李文侯互碰了酒杯後，便聽李文侯道：「侯爺今天好雅興，只是我有句話不知道當講不當講？」

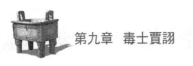

高飛道：「你我都是同鄉，還有什麼不可以講的，說吧！」

李文侯先是嘆了口氣，然後緩緩地道：「如今十常侍把持朝政，天下民不聊生，我涼州百姓更是苦不堪言，侯爺斬殺黃巾，功勳卓著，卻只落個食邑一千戶的都鄉侯爵位，我為侯爺抱不平啊！」

高飛自然聽出了李文侯的話音，猜想北宮伯玉正是想利用李文侯來說服自己加入反叛行列。他也重重地嘆了口氣，道：「這也是沒有辦法的啊，我高飛對大漢赤膽忠心，到頭來卻……算了，不說了不說了，來來來，喝酒！」

李文侯嘿嘿一笑，道：「侯爺且慢，以侯爺今日之名聲，若是能登高一呼，必會群起響應，大漢日益衰落，正是我們男兒建功立業的機會。如今中原黃巾未平，如果侯爺能帶領我們從涼州而起，聯合羌胡，必然能夠將涼州據為己有，之後順勢攻取三輔，占據關中，到時候當個皇帝也不為過！」

高飛故意表現得十分激動，叫道：「好，咱們涼州人就應該如此。只是……我少在羌胡中走動，那些羌胡能聽我的嗎？」

李文侯聽高飛如此問，呵呵笑道：「這個侯爺不必擔心，北宮伯玉早已經聯繫好了羌胡，可他畢竟是個胡人，我也是半個胡人，如果起事的話，只怕涼州士族不服，所以我等願意公推侯爺為主，帶領我們一起打天下，到時候……」

李文侯正興高采烈地向高飛講著自己心中的雄圖大業時，不期趙雲悄無聲息地走了過來，寒光從面前閃過，一把彎刀便架在李文侯的脖子上，讓李文侯的話戛然而止。

高飛看到李文侯臉上驚詫的表情，哈哈笑道：「委屈李兄了，還麻煩李兄送我們出谷，等到了安全的地方，我必然會放你歸去。」

李文侯瞪著驚恐的眼睛，對高飛道：「你……就算你劫持了我，也無法逃出這個地方，那些胡人可都是北宮伯玉的手下，沒有他的命令，誰也別想出去。」

「是嗎？」

賈詡在這個時候從石屋外面走了進來，後面還跟了一個年輕的壯漢，那壯漢全副武裝，彎刀在手，弓箭背在身上，一雙明亮的眸子炯炯有神。

李文侯回頭看見是賈詡，便道：「是你？」

賈詡微笑著道：「是我，有我的協助，他們必然能夠逃出這裡。」

李文侯冷哼一聲，道：「就算你們能逃出去又怎麼樣？就憑你們這幾個人能殺的了十幾萬人嗎？」

高飛道：「涼州刺史手下總有兵將吧，只要我們將此事高發到刺史那裡，他們必然有所防範，就算你們要造反，只怕也會以失敗而告終。」

李文侯道：「就憑涼州刺史手下的那群蝦兵蟹將？就算來個五十萬我們都不怕，我既然落入了你的手裡，要殺要剮就悉聽尊便吧！」

高飛見李文侯沒有求饒，倒是有幾分骨氣，便道：「有骨氣，不愧和我是同鄉，不過我不會殺你，我還有用得到你的地方，如果殺了你，豈不是自掘墳墓嗎？子龍！」

趙雲會意，急忙用早已準備好的繩索將李文侯給捆的結結實實，然後將手中的彎刀抵在李文侯的脖子上。刀架住了脖子，李文侯突然向刀鋒那邊猛然伸出了自己的脖子，還好趙雲反應快，不然李文侯就立即血濺當場了。

「靠！還真想死啊？子龍，既然他不怕死，為了以防萬一，堵住他的嘴，再給他捆結實點，省得一會兒沒有出谷這傢伙就出現了意外，那我們可就得不償失了。」高飛道。

「先生，趁現在是正午時分，胡人們發睏，我們還是快點走吧！」站在賈詡身後的那個年輕壯漢對賈詡道。

高飛看了一眼那壯漢，見壯漢長相一般，身高一般，相比之下要比賈詡健壯，但是從他身上卻很難找出特別之處，如果一定要找一個特徵的話，那就只有他高挺的鷹鉤鼻還算有點特色了。

「嗯，侯爺，我們還是快走吧！」賈詡見李文侯已經制服了，便急忙道。

高飛道：「先生，這位是？」

「南安龐德，別磨磨蹭蹭了，快點走，再不走的話，等過了這個時間，誰也別想走了。」壯漢催促道。

「媽的，涼州多名士，走狗屎運了，居然在北宮伯玉的賊窩裡接連遇見了兩個三國名人，我不收服誰收服。」高飛看著龐德，心裡想道。

此時裴元紹、夏侯蘭從屋外走了進來，手裡拿著彎刀，並且將一把多餘的拋給高飛，道：「侯爺，監視我們的人都已經被放倒了。」

高飛聞言道：「好，子龍，我們先去救那些關押著的文人……」

賈詡驚詫地道：「救他們？他們是一心跟著北宮伯玉造反的人，你居然要去救他們？」

「你說的都是真的？那他們為什麼被關押起來？」

龐德急道：「反正不用管他們，那些人是鐵了心要造反的，別說了，你們跟我來，這裡我熟，我在前面開路，你們跟在我的後面！」

話音落下，龐德當先走出了石屋，一臉殺氣地提著彎刀跑向了洞口。

賈詡則攬住高飛等人，探出了半個頭，以觀察不測。直到片刻之後，見龐德朝著他招了招手，他才對高飛道：「侯爺，可以走了！」

話音落下，一行人以最快的速度來到了洞口，只見洞口邊上五名胡人刀客已經躺在了血泊中，還停著幾匹馬，看來是龐德早已準備好的。

此時的龐德用力推開堵住洞口的巨石，渾身青筋暴起，呲牙咧嘴的愣是將那差不多有六七百斤重的巨石給推開了。

「快，上馬！」龐德乾脆俐落，翻身上馬，向身後的高飛、賈詡、趙雲等人叫道。

高飛等人隨即策馬而出，迅速駛出山洞。

馬蹄聲響起，立刻震驚了整個山道，山道兩邊的山坎上陸續現出人影，那些人見有人跑了，大聲呼喊著同伴，一些胡人早已經拉滿弓箭，將手中的箭給射了出去。

「嗖！嗖！嗖……」

箭矢從眾人頭頂上呼嘯而過，現在哪怕是有危險也只能衝出去了。

賈詡雖然武藝不高，但是精通馬術，畢竟是涼州人，一個肚裡藏身便輕鬆地避過了箭矢。趙雲一手提著馬韁，一手按住李文侯，饒是馬鞍附近帶著弓箭，也無法進行反擊，只求能迅速衝出這條不長的山道。

龐德此時立刻展現了與眾不同的一面，只見他取下背上背著的弓箭，從箭囊中抽出三支羽箭搭在了弓弦上，然後斜面朝上射去，立刻有三名胡人被射穿身體，從山坎上滑落下來。

裴元紹、夏侯蘭用手中彎刀撥開箭矢，然而矢如雨下，二人的馬匹又奔跑在最後，成為胡人用箭射擊的主要目標，一不留神，便各被箭矢射中臂膀，登時鮮血直流。二人忍痛伏在馬背上，繼續向前衝去。

高飛則是一馬當先，第一個衝出了山道，毫髮無損，見從山坎那邊一陣沙塵滾起，馬蹄聲尤為雜亂，估摸有二百來騎兵。回過頭，賈詡、龐德、趙雲已經跟上，裴元紹、夏侯蘭緊隨其後。

胡人騎兵從山坎邊疾速駛出，擋住了去路，高飛掄起手中馬刀正欲衝殺過去，卻聽賈詡道：「侯爺，是時候用李文侯來幫忙了，他也是谷主之一，這些騎兵大部分都是他的手下，對他也頗為尊敬，沒有必要衝殺過去。」

高飛急忙勒住了馬，將手高高抬起，大聲喊道：「停下！」

幾匹馬陸續停了下來，山坎兩邊迅速湧出各百餘人的騎兵隊伍，將他們團團圍在了一起。

騎兵隊伍中有一部分是跟隨李文侯來的馬刀手，見到高飛挾持了李文侯，一個小頭目便大聲喊道：「快放了我們谷主！」

那小頭目高飛見過，是李文侯的親隨，當即從趙雲的馬背上將李文侯給拎了起來，然後用手臂勒住了李文侯的脖子，另外一隻手裡則握著彎刀，指著那個小頭目道：「你們讓開，放我們過去，我到了安全的地方自然會放了你們的谷主！」

小頭目見李文侯被捆得嚴嚴實實，嘴巴也被堵住了，只發出「唔唔」的聲音，便打了一個手勢，身後的騎兵迅速裂開兩邊，讓出了一條道路。

高飛大喜，還來不及謝過，便聽背後的人喊道：「不行，不能放了他們，我們谷主回來，該如何交代？給我亂箭射死他們！」

「媽的，敢射我們谷主？不想活了！把他給我砍了！」那小頭目突然指著對面合圍的一個胡人大聲地喊道。

話音落下，只見剛才喊話的胡人騎兵立刻血濺當場，人頭落地。原來那胡人騎兵的身邊便有好幾個李文侯的手下，聽到那小頭目的話語，毫不猶豫地將胡人騎兵砍下馬來。

二百多個騎兵裡面，有三十多個是胡人騎兵，其餘都是李文侯的手下，胡人騎兵見自己的族人被殺，登時血脈賁張，攻殺起身邊李文侯所帶領的漢人騎兵。

漢人騎兵占有絕大優勢，一見這情況，立刻反攻，只聽到數十聲慘叫之後，三十多個胡人騎兵的人頭便紛紛落下馬來。

高飛萬萬沒有想到會有這種效果，一扭頭，看見賈詡露出一臉的陰笑，便立刻明白賈詡這樣安排的巧妙之處，不禁佩服賈詡的用意。

此時，賈詡突然策馬向前跨了一步，喊話道：

「各位且聽我一言！你們都是我涼州的健兒，可是你們不知道的是，你們的首領李文侯卻一心想跟著北宮伯玉造反，你們都是我大漢的子民，難道你們忍心看到我們漢人被那些羌胡所屠戮嗎？」

此話一出，眾位漢人騎兵紛紛面面相覷。

最後還是那個小頭目喊道：「你說的都是真的嗎？」

賈詡道：「句句實情！你們可以不信我，但是我身邊這位名滿涼州的高侯爺，想必你們都見過，我知道你們對李文侯忠心耿耿，但是他想去造反，難道你們也要跟著他落個反賊的罵名嗎？如今侯爺就在眼前，侯爺是我們涼州的驕傲，跟隨侯爺才是最好的出路，何況侯爺也是為了調查李文侯和北宮伯玉叛亂才深入虎穴的，侯爺如此大義，為的就是避免涼州受到戰火侵襲，一旦羌胡反叛，我們的家園就會受到波及，難道你們願意看到自己的宗族家破人亡嗎？一個要解救涼州百姓於水火之中，另一個卻想置涼州百姓於水火之中，與這個一心想造反的反賊相比，你們更願意效忠誰？」

眾人聽後，只沉思片刻，便立刻引起巨大的回響，都大罵李文侯大逆不道，說自己上當受騙了之類的話語，並且表示願意效忠高飛。

一瞬間，情勢便發生了戲劇性的變化，李文侯帶來的這些涼州漢人騎兵立刻擁護起高飛來。

在高飛看來，這似乎有點太過突然，但是事情是朝著好的方向發展，他也很樂意看到。

他看了看賈詡，見賈詡對他抱以微笑，正準備開口說話，便聽見山坎上傳來嗚咽的號角聲。

號角聲一經吹響，山坎上的胡人便立刻從山上滾了下來，而且從山洞裡層出不窮地湧出大量帶著兵器的胡人。

賈詡叫道：「快走，胡人開始發難了！」

高飛等人便在漢人騎兵的護衛下，迅速離開了洛都谷，一路狂奔出了五十里之後，才敢停下來稍作歇息。

第十章
羌胡騎兵

羌胡騎兵三面受敵，一千多人只片刻間便損失了三百多人，但是他們人數眾多，饒是損失了三百多人，依然沒有感到絲毫的畏懼。羌胡騎兵在估算出伏兵的大致人數後，便又抖擻精神，在各個小頭目的帶領下開始展開了反攻。

休息的時候，高飛走到賈詡的身邊，開口問道：「賈先生，今天到底是怎麼一回事？」

賈詡笑吟吟道：「侯爺勿怪，這是我計畫的一部分，既然我決心效忠侯爺了，自然應該凡事都為侯爺著想，這一百六十三人的騎兵，就當是我送給侯爺的見面禮！」

「你……你真的願意效忠於我？」高飛驚奇地問道。

賈詡點了點頭，道：「正是，侯爺從昨天到現在一直對我信任有加，就這一點，就足以讓我為侯爺效忠，再者，侯爺年紀輕輕便已經被封為了都鄉侯，以後前途更是不可限量，我賈詡自認為有不世之才，可惜欣賞我的人並不多。」

高飛開心道：「太好了，我正需要你這樣的人才，賈先生，我們還是快走吧，這裡不是久留之地，只怕晚了會被胡人追上來。」

賈詡道：「侯爺，那我們就此分開吧。」

「分……分開？先生要去哪裡？」

「回家，去武威，我的家眷全在武威，如今我們逃出來，北宮伯玉的造反就可能提前，所以我必須先將我的家眷帶出武威，然後到陳倉投靠侯爺！」

「既然如此，那請先生多多保重，我讓子龍帶一隊人保護先生……」

「不用了，北宮伯玉聯合羌人反叛，涼州即將陷入危機，涼州官軍不是對手，侯爺理應多召集一些兵馬，在陳倉備戰。羌人好戰，絕不可等閒視之。我獨自一人歸家，不會引起太大目標，何況反賊也不知道我家住何處，半個月內，我必然到陳倉與侯爺相會！」

高飛道：「那好吧，我就在陳倉等候先生。」

賈詡拱拱手，從身後將龐德拉了出來，對高飛道：「侯爺，龐德頗有武勇，一心報國無門，誤入了洛都谷，今日我將他舉薦給侯爺，願侯爺善待之。」

高飛對龐德自然不會不善待，立刻點點頭，拍了拍龐德的肩膀，笑道：「從今以後就跟著我吧！」

龐德立刻單膝下跪，抱拳道：「屬下叩見侯爺！」

高飛急忙將龐德給扶了起來。

辭別賈詡後，高飛走到夏侯蘭和裴元紹兩人的身邊，看他們傷勢不重，關切地問了幾句，然後一行人帶著李文侯，繼續向襄武奔去。

鉛灰色的雲層緊緊壓著大地，慘白的陽光透過雲隙，無力地灑落在枯黃的原野上。從遠處低矮的岡巒刮來的西風「嗚、嗚」地一陣緊似一陣，像一條無形的長鞭在空中揮舞，尖厲地抽打著那漫天黃土的原野。

那簌簌抖動的雜草叢中，那裸露的黃沙堆裡，間或躥出一隻土灰色的野兔，掠起一對肥碩的沙雞。轉眼間，牠們又消失得無影無蹤，使這片原野顯得越發的荒涼與寂寥。

西邊暗灰色的岡巒上出現了一道黑線，這道黑線緩緩地移動著，漸漸顯現成一支隊伍。隊伍長長的，沿著起伏的岡巒迤邐而下。

這支隊伍凌亂、龐雜、喧囂，隊前隊尾是全副武裝的騎士，他們一個個滿身征塵，神情疲憊又嚴峻，不少騎士身後還牽著幾匹空鞍馬與馬駒子。

隊伍中段是許多輛大大小小的馬車，車上裝滿了帳篷、糧秣、輜重，還擠滿了婦女與孩童，一兩百頭馱滿飲水、雜物的駱駝也擠在車隊中蹣跚而行。

犬吠、馬嘶、吆喝牲口的人聲在「嗚嗚」鳴叫的秋風中傳來，自遠而近，讓這片空曠寂寥的荒原頓時添了幾分生氣。

這是一次百姓的大遷徙，但是看不見大群的牛羊，只有一個馬群在十餘名牧馬人的驅趕下跟隨著隊伍移動；也大不同於往日牧人轉場時從容不迫的氣氛，整個隊伍在行進中顯得急促、焦躁不安。

二三十名戎裝的騎士，簇擁著一個騎黑馬的首領趕到了隊伍的前面。

那首領頭戴銅盔，身披狐皮大氅，內束緊身軟甲，挺身在馬鞍上，煞是威風。

他勒住了馬，兩道陰鷙銳利的目光向前眺望了一陣，又抬頭望了望漸漸昏暗的天色，掃了一眼身邊行進的隊伍，似乎很不滿意隊伍行進的速度，與整個隊伍顯出的疲憊懈怠氣氛。

這個騎黑馬的騎士便是高飛，他從湟中一路逃回，沿途所經過的城池，他都會去拜訪一下，告訴縣令、縣尉或者是太守即將到來的羌胡反叛，可是那些當官的都不屑地一笑，沒人相信高飛的話。

高飛也不強求，他已經做到仁至義盡了，跟當官的說不通，就只能對百姓說，他讓趙雲、龐德等人分頭在各個城池間散布消息，百姓們將信將疑，只有少數百姓願意跟隨著高飛走，沿途又收了一些百姓，一個兩千多人的隊伍就此組建起來了。

高飛停住馬匹，他看到這支隊伍行動如此緩慢，便撥轉馬頭對身後的夏侯蘭厲聲說道：「快去催催，別這樣磨磨蹭蹭的，都不想活命了？讓老人、孩子坐在馬車上，不聽話的牲口給我用鞭子抽，讓牲口都跑起來！」

夏侯蘭聽罷高飛的命令，策馬向隊伍後面趕去。不一會兒，隊伍中的吆喝聲、鞭哨聲變響亮密集了；那支龐雜、凌亂的隊伍立時齊整緊湊了些，馬匹、車輛都「得得」地小跑起來。

過了一會兒，後面遠遠跟來十幾匹快馬，為首的正是趙雲。

趙雲騎著一匹黃驃馬，馳到高飛身邊，勒住馬，向高飛拱手道：「侯爺，金城被攻克了，護羌校尉、金城太守全部被殺了，北宮伯玉擁立邊章、韓遂做了叛軍首領，十幾萬羌胡正朝榆中而去，另外一支一萬多人的騎兵隊伍由北宮伯玉親自帶領朝隴西來了，揚言……揚言不抓到侯爺誓不甘休！」

高飛皺起眉頭，問道：「龐德呢？」

趙雲道：「龐德帶著人還在後面打探消息，侯爺，前面不遠就是襄武了，北宮伯玉就算再快也絕不敢上來。這支隊伍已經連續奔走三天了，大家都很疲憊，到了襄武不如休息一夜吧，讓大家緩一緩。」

高飛點點頭，道：「派人去通知龐德，讓他火速趕回來，萬一遇到北宮伯玉的大部隊，想走都走不掉了，漢陽郡那裡還有涼州刺史的兩萬兵馬，可以利用他們先擋一擋。」

趙雲抱拳道：「諾！屬下這就派人去叫龐德回來！」

北宮伯玉在高飛等人逃走的第二天回到了洛都谷，知道高飛逃走之後，便提前造反了，一方面派人去聯絡羌人，一方面自己親自率領大隊騎兵追擊高飛。

到達破羌縣的時候，得知高飛早已經走遠，一氣之下屠殺了破羌縣城的七百戶百姓，然後走到哪裡攻殺到哪裡，不跟隨他造反的就殺。一路攻殺到金城太守那裡，太守猝不及防，沒有任何防備，便被北宮伯玉殺了。

另一方面，接到北宮伯玉消息的羌人迅速糾集了隊伍，十幾萬人馬一起對駐守在湟中的護羌校尉展開圍攻，護羌校尉的一萬人馬怎麼抵擋得住，短短半天時間就被羌人屠殺個乾乾淨淨。

後來兩軍在金城會晤，北宮伯玉自己名聲不夠，便推舉已經劫持的金城人邊章、韓遂為首領。邊章、韓遂索性真的當起了叛軍首領，指揮十幾萬羌胡叛軍對金城郡各縣進行攻擊，並且派出分隊攻擊周邊郡縣，自己則帶領大軍攻榆中，準備從榆中入漢陽郡，給涼州刺史一個措手不及。

傍晚時分，高飛等人已經可以看到襄武的城牆了。

古代的資訊傳遞很落後，襄武城裡一切都很平靜，對於北宮伯玉造反的事一點都不知道。

城門口，卞喜騎著馬早早地等候在那裡，十天來，他按照高飛的吩咐，逐一訪問了隴西郡內的三大富戶，從中偷取了不少黃金，昨天剛剛回到襄武，便在城門口等候高飛的歸來。

夕陽西下，暮色蒼茫，卞喜遠遠地望見一支約有兩千人的部隊向著襄武駛來，再定睛看見領頭的是高飛，心中一陣歡喜，便快速奔了過去，心道：「侯爺還真有能耐，四個人去，兩千多人回，沒想到去一次湟中能募集到這麼多勇士。」

接近高飛的隊伍時，卞喜才看清楚，這根本是難民遷徙嘛，每個人的臉上都顯得很是疲憊，老老少少、男男女女的，真正的涼州健兒不過一百多人。

他策馬來到高飛身邊，抱拳道：「參見侯爺！」

高飛也是一臉的疲憊，如果不是帶著這些百姓，昨天他就應該到襄武了，加上沿途還要照顧他們不要落隊，以及百姓與百姓間的小摩擦，簡直是操碎了心，好在這些百姓幾乎各個都會騎馬，家家也都有馬車，不然的話，估計後天都到不了襄武。

他見卞喜一臉興奮地翻身下馬，便勒住馬匹，讓趙雲、夏侯蘭、裴元紹等人護送百姓緩緩駛入城池，自己則下馬走到卞喜身邊，問道：「我交代你的事做的怎麼樣了？」

卞喜答道：「侯爺放心，屬下已經做好了，這幾天分別從三家富戶裡取來黃金三四千斤，如果有人協助屬下的話，或許會取來更多，屬下一個人搬運起來太費事了。」

高飛滿意地道：「這就夠了，不能貪得無厭。對了，沒有人懷疑你吧？」

卞喜道：「侯爺放心，沒有人看見我作案，又何來的懷疑。」

高飛笑道：「很好，估計他們做夢都想不到，**我堂堂一個侯爺居然會做出這種偷竊的勾當**。不過，**取之於民，用之於民**，何況咱們是用這些錢來平叛的，也就當他們為平叛做出了一番貢獻。」

「平叛？」卞喜看了看從身邊經過的這些百姓，問道：「侯爺，哪裡發生叛亂了？」

高飛道：「羌胡叛亂，有十幾萬人，這下涼州可要遭殃了。不多說了，咱們快點進城吧，現在城裡休息一夜，然後動員全城撤離，不然的話，一旦叛軍打到這裡，他們都會受到波及。」

卞喜「諾」了一聲，便牽著馬，跟隨著高飛進了襄武城。

進入襄武城裡，高飛先回到家，將高氏宗族的族長給找了過來，讓他們幫忙解決那些百姓的吃住問題，可兩千多百姓也不是個小數目，何況整個襄武城裡也才兩千多百姓。但是仗著侯爺的爵位以及高飛在襄武城裡的名望，很快得到了解決，讓每家每戶都接納一戶百姓。

忙完這些，高飛還來不及休息，便急忙帶著趙雲去了縣衙。

縣令、縣尉一聽說羌胡叛亂，便很害怕，毫不猶豫地表示願意動員全城撤離，並且派出衙役挨家挨戶的通知撤離消息，讓城中百姓都紛紛做好撤離準備，值錢的，能吃能喝的，都全部帶走。

回到家裡的時候，已經是夜晚了，只見高氏宗祠那裡燈火通明，原來是夏侯蘭向高氏族長說了招募義勇的事，族長便將全族一百個精壯男丁聚集在宗祠裡，紛紛表示願意跟隨高飛抵抗叛軍。

高氏族長又聯絡城中其他姓氏的宗族族長，其他族長也效仿此法，紛紛募集勇士，一夜之間便得義勇三百四十人，加上原先跟隨高飛回來的那一百六十多馬刀手，組成了一支五百人的隊伍。

義勇家家有馬，人人有弓箭，而且都是弓馬嫻熟之人，所以這讓高飛有點喜出望外，從心裡感覺到還是家鄉好。

第二天天一亮，在五百騎兵的護衛下，四千多百姓進行了全城撤離，開始沿著官道向陳倉而去。

辰時二刻，撤離的百姓才只剩下最後一部分了，龐德獨自一人從西門歸來，整個人都如同經受過血的洗禮一般，而且滿眼通紅，座下馬匹也是汗如雨下，似乎是一夜狂奔歸來。

高飛一見到龐德，便急忙迎了上去。

只見龐德整個人從馬上墜落下來，左臂上還有一處刀傷，皮開肉綻，正朝外面滲著鮮血，急忙關切地問道：「龐德，是不是遇到了叛軍？」

龐德用帶血的手一把抓住高飛，急忙道：「侯爺，屬下被叛軍前部咬住了，隨行的兄弟都死了，屬下奮力拼殺才得意逃脫，如今叛軍前部一千多騎已經離此不足三十里，侯爺快點走吧，朝冀城走，那裡刺史的治所還有兩萬官軍……咳咳咳……」

高飛急忙叫道：「裴元紹！裴元紹！」

大光頭裴元紹立刻便從人群中擠了出來，胳膊上纏著一條繃帶，繃帶也早被血染透，那是幾天前才從洛都谷突圍的時候留下的箭傷。

「侯爺！」

「你帶幾個兄弟好生照顧龐德，讓夏侯蘭、卞喜帶著二百騎護衛百姓撤離，沿途讓縣令和縣尉指揮，先到冀城躲躲。」說完，高飛扭過臉對趙雲道：「子龍，你和我帶三百騎殿後，絕對不能讓叛軍前部咬住了百姓！」

趙雲抱拳道：「屬下明白，屬下這就去召集兵馬，可是……李文侯怎麼辦？」

「李文侯？」

這幾天來，李文侯一直被高飛羈押著，沿途高飛又忙這忙那的，倒是將李文侯給忘了，此時趙雲一提醒，便道：「把他一併留下，也許對叛軍有點用！」

趙雲當即招呼人去了。

高飛緊緊握著龐德的手，對龐德道：「令明，你勞累過度，又受了傷，暫且跟著大部隊，到了冀城之後先歇息一會兒，等我來了，咱們再一起退向陳倉。」

龐德忍著傷痛道：「侯爺，我要留下……斬殺叛軍……呀……」

高飛搖搖頭，吩咐裴元紹道：「快將令明抬走，另外派人回陳倉通知廖化、盧横，讓他們做好接收百姓和抵抗叛軍的準備，多準備點滾木擂石放在城牆上。」

裴元紹道：「屬下知道了！」

龐德被裴元紹帶著人抬走了，放在一輛馬車上，跟隨著百姓撤離。

為了不引起百姓的慌亂，高飛沒有將叛軍前部到來的消息告訴他們，只找來縣令和縣尉，讓他們指揮百姓撤離，越快越好，並且讓他們到冀城告訴刺史，做好防禦準備。

於是，高飛、趙雲和三百騎兵留了下來，趁叛軍沒有到來，率先埋伏在城裡，只等著叛軍前部的到來。

太陽散發著金色的光芒，悄悄地爬上了天空，繼續給大地帶來一絲溫暖。

太陽底下，是一座了無生機的襄武城，城門大開，城中的街巷裡一片狼藉，乾冷的秋風隨意肆虐著城中的街巷，捲起了地上殘留的物品。

雜亂的馬蹄聲由遠及近，城門西側外的官道上飛舞起漫天的黃沙，一隊約有一千人的羌胡騎兵迅速從黃沙中駛來，在一個領頭的頭目帶領下，漸漸地接近了襄武城。

「停！」

頭目打了一個手勢，看見城門大開的襄武，不免起了疑心，對身後的幾名騎兵道：「你們幾個，進去看看！」

幾名騎兵領了命令，掄起手中的馬刀便快速地衝入城裡，來回在城中的街巷裡奔馳了一番，最後回到城門口，向頭目稟報道：「襄武已經成了一座空城，城裡沒有半個人。」

頭目道：「看樣子是剛走不久，隨我追過去！」

當所有騎兵快速駛進城門的時候，突然從背後駛出二十多個人，以最快的速

度關上城門，東面的城門口也湧出了二十多個人，將東邊的城門給關上，緊接著，兩百多支箭矢從橫穿襄武城的大道兩邊的房屋裡射了出來，羌胡騎兵應弦而倒者一百多人。

「有埋伏！」頭目一邊揮著手中的馬刀擋箭，一邊對手下大喊道：「別慌！」箭矢一波接一波的射了出來，等到羌胡騎兵紛紛下馬到大道兩邊，試圖尋找射箭的人的時候，箭矢卻突然停止了，緊接著前後兩頭都湧出一彪騎兵，高飛、趙雲各帶著五十騎擋住了首尾，迅速策馬朝羌胡騎兵裡衝撞了過去。

高飛在羌胡騎兵面對著的東門，趙雲在西門，以迅雷不及掩耳之勢衝進羌胡騎兵隊伍裡。羌胡騎兵猝不及防，頓時有人被馬匹給撞飛，其餘的騎兵見有人駛出來，便分開向兩頭殺去。

羌胡騎兵一分開，便從大道兩邊的屋裡湧出一百個手持馬刀的壯漢，衝進羌胡隊伍裡，一邊砍殺羌胡騎兵，一邊將羌胡騎兵從馬背上拉下來，尚有一百人用弓箭躲在屋裡，透過窗戶朝外放箭。

高飛手中的馬刀不停的揮動著，連連砍翻了五六個人，身上也濺滿了血污，瞪著眼，大聲喊著「漢軍威武」。身後的馬刀手隨著高飛一路衝殺，很快便將前來抵擋高飛的一百多個人給全部斬殺。

羌胡騎兵的背後也受到了猛烈的衝擊，趙雲身先士卒，手起刀落間便是一顆顆人頭相繼落地，鮮血接二連三的從這些羌胡騎兵的脖頸間噴湧而出。

羌胡騎兵三面受敵，一千多人只片刻間便損失了三百多人，但是他們人數眾多，饒是損失了三百多人，依然沒有感到絲毫的畏懼。羌胡騎兵在估算出伏兵的大致人數後，便又抖擻精神，在各個小頭目的帶領下開始展開了反攻。

胡人身材高大，體格健壯，又是好狠鬥勇的角色，一經反攻，立刻便展現出他們這個民族的雄風。

高飛見身邊的部下一個接一個的倒下，在中間伏擊的馬刀手人數也迅速減少，慘叫聲，咆哮聲，痛苦的呻吟聲，以及戰馬的嘶鳴聲，此時都混攪在一起，當真是嘈雜無比。

大約廝殺了十幾分鐘，六個胡人將高飛圍了起來，寒光閃閃的彎刀在陽光下反射出金色的光芒，映照得人睜不開眼。

高飛瞇著眼睛，環視了一圈，但見自己的部下已經被羌胡隔開了，五十個人也只剩下不到十人了，就連他自己手中的彎刀也砍捲了刀刃。

「啊！」高飛怒吼了一聲，在六把彎刀同時砍來的時候向前竄了出去，在地上滾了一滾，揮動著那砍捲了刀刃的彎刀畫出一道弧線，六條血紅的弧線頓時在胡人大腿上逐一出現，圍著他的六個胡人都捂著大腿踉蹌地倒在地上，聲嘶力竭地呼喊著。

高飛見狀，急忙拋下手中的刀，順手從地上的死屍裡撿起兩把彎刀，身隨影動，六顆頭顱便被砍了下來。

他剛一抬頭，看見自己的部下被砍死了一半，他大吼一聲縱跳過去，迎面砍下一個胡人的手臂，衝進被胡人包圍的圈裡，然後是一陣砍殺，將剩下的七個人給救了出來。

他雙手橫著彎刀，淩厲的目光看著前方向他湧來的胡人，對身後的人大聲喊道：「去將李文侯帶出來！」

背後的兩個人立即跑開了，從不遠處的一間房屋裡帶出了被五花大綁的李文侯。

高飛又接連砍翻了三個胡人，然後縱身跳到李文侯的身邊，用臂膀緊緊地勒住李文侯的脖子，拖著李文侯像拖死狗一樣，走上城門邊的臺階上，舉著手中的彎刀指著還在街巷中混戰的一干眾人咆哮道：

「都住手！都給我住手！」

混戰中，高飛歇斯底里的咆哮聲傳進了眾人的耳朵裡，不管是胡人還是漢人，都像聽到了一聲驚雷，兵器的碰撞聲、喊殺聲，馬匹的嘶鳴聲在一瞬間靜了下來，所有的人都將目光移到高飛那裡。

空氣中瀰漫著濃厚的血腥味，高飛的身上、手上都是鮮血，就連他的臉也濺滿了鮮血，本以為能夠輕鬆搞定這些羌胡的他，此刻感到很是吃力，三百部下已經戰死了差不多一百人，而羌胡還剩下八百多人，他大大低估了這些羌胡的戰鬥力，不得已之下，只好挾持著李文侯出來。

「聽著，我知道你不怕死，但是你的妻兒如今都跟隨著大部隊走了，如果我今天擋不住這些人，他們一旦追了上來，就會大肆屠殺百姓，到時候你的妻兒也會死在他們的刀下，我現在取掉你口裡塞著的布，你讓他們放下武器。」高飛貼在李文侯的耳邊吼道。

李文侯本來和北宮伯玉計畫著等條件都成熟了再反叛，然後他在那之前將自己的家人全部接出去，可是一切都來得太突然了，他想想自己的妻兒，便點了點頭。

高飛見李文侯點頭，便取下塞到他口裡的布，連勒住他脖子的手臂也鬆了幾分力氣，可是手裡的彎刀卻始終緊緊握著，一旦發現李文侯敢說出一絲不如他意的話，他就砍掉李文侯的腦袋。

嘴裡的布一經除去，李文侯環視一圈在場的人，見其中有一部分是他的舊部，便說道：「你們都給我聽著，當初是我騙了你們，告訴你們跟著我有飯吃，其實是想讓你們跟著我造反，可是沿途你們也都看到了，北宮伯玉是怎麼樣對待我們漢人的，你們要是還有點良知的話，就統統放下手中的武器。」

八百多人裡面有漢人、羌人、湟中義從，其中半數以上是李文侯的漢人舊部，聽了之後，都有所動容。

羌人和湟中義從當然不願意看到這一幕，其中一個湟中義從的頭目掄起手中的馬刀大聲喊道：「不要聽他的，他已經不是谷主了……」

話還沒有說完，便見一支長箭射了過來，直接射穿他的臉，讓他無法再說下去。

高飛趁勢說道：「我是都鄉侯高飛，是漢人的，就給我斬殺你們身邊的羌胡，這次反叛罪在羌胡，與你們無關。只要你們今天斬殺了羌胡，就算是加入了漢軍，不僅能填飽肚子，還能建功立業……」

話還沒說完，便見到有幾個漢人一刀砍翻了身邊的羌胡，緊接著八百多人的羌胡騎兵隊伍裡瞬間上演了一場斬首的好戲，那些個羌人和胡人還沒有反應過來，腦袋便一個接一個的落地了，瞬間便清除了隊伍裡的所有羌胡，形勢立刻發生了戲劇性的變化。

高飛看後，覺得大漢的號召力依然很強，雖然經歷了黃巾之亂，但真正的亂世還沒有到來，他暗自慶幸自己做出了正確的選擇。

「噹啷！」

兵器落地的聲音不斷地發出，大約五百人陸續跪在地上，齊聲向著高飛拜道：「我等誤信了謊話，以至於做出反叛朝廷的事情來，現在我等願意歸順侯爺，為朝廷出力，抵抗叛軍，還請侯爺成全！」

高飛當然是歡喜的了，三百騎兵雖然死了一百人左右，但是又多了五百人，這種事情很划算。可是他還是感到了一絲惋惜，也後悔自己如果一開始就能用這樣的方法，估計得到的遠遠不止是五百人的部下。

他用刀砍斷了李文侯身上的繩索，對李文侯道：「你初開始只是有反叛的心，可卻從未參與，你也就與叛軍無緣，我現在放了你，你可願意投靠於我，和我一起抵禦羌胡的叛亂？」

「事情到了這一步，我還有別的選擇嗎？我願意投靠侯爺，和侯爺一起抵禦羌胡叛亂，為咱們涼州盡一份力。」李文侯當即跪在了高飛面前，叩頭道。

高飛將李文侯扶起，對所有的人道：「大家簡單的收拾一下，跟本侯一起退守陳倉！」

「諾！」

從襄武到冀城並不算太遠，高飛帶著七百多騎兵以最快的速度向冀城趕去，大約過了兩個多小時，高飛便看見了冀城。

冀城的城門緊閉，城樓上的士兵也來來往往，漢軍的大旗在烈風中舞動，看得出來，冀城已經進入了全城戒備的狀態了。

高飛帶著人來到城下，見城樓上弓箭手林立，一員守城的小將喊話問道：「你們是什麼人？」

高飛這一撥人都是渾身血色，在夕陽的映照中更顯得明顯，他策馬向前走了兩步，雙手勒住馬匹，朝城樓上喊道：「我乃都鄉侯高飛，率眾阻擊叛軍前部大勝而歸，快快打開城門！」

那員小將看下面的人都是廝殺過後的樣子，但也未敢立馬相信，便喚來一個士兵，對那士兵道：「去將卞喜叫來認認，看看是不是都鄉侯！」

那士兵應了一聲，下了城樓，再次上來時，便帶了卞喜。

卞喜走到城垛邊，探頭便看到高飛，急忙對那小將道：「下面就是我們家侯爺，請快打開城門。」

小將確認無誤後，讓人打開城門，迎面便碰上卞喜。

「侯爺，你可回來了，屬下在這裡等候多時了……咦？怎麼回來那麼多人？」卞喜驚奇地問道。

高飛翻身下馬，任由卞喜將馬牽住，對卞喜道：「說來話長，百姓們都安全入城了嗎？」

卞喜道：「都安全入城了，襄武縣令也將羌胡反叛的消息告訴了涼州刺史，刺史大人當即作出決定，動員全城百姓繼續撤離，並且派出六百里加急稟告朝廷，請求援兵。如今冀城裡只剩下兩萬軍隊，屬下讓夏侯蘭、裴元紹跟著隊伍先回去了，自己留在這裡等候侯爺。」

高飛道：「刺史大人的反應還夠迅速，刺史大人現在何處？」

卞喜道：「在刺史府，侯爺，我知道路，我帶你去！」

高飛道：「不用了，你帶著兄弟們找個地方好生休息，我自己去找刺史大人。」

卞喜「諾」了一聲，便對趙雲等人道：「兄弟們你們跟我來吧！」

高飛翻身上馬在城門邊問了一下漢軍士卒刺史府的位置，便策馬狂奔，朝著刺史府趕了過去。

冀城是個大城，不僅是漢陽郡太守的治所，更是涼州刺史的治所，城內有甕城，街道更是四通八達，周圍都是平地和丘陵，背後靠著一座大山，只有東、西、北三個城門。涼州刺史府本來治所在隴縣，後來有一任刺史說隴縣風水不好，便將治所搬遷到了冀城來，和漢陽郡太守共在一城，也方便政令通傳。

刺史府在冀城的東邊，高飛沿途所過之處，城中民房十室九空，而漢軍士兵也是剛剛從冀城周圍調集過來，一進城便以民房當作軍營，省得再住帳篷了。他策馬來到了刺史府，急忙翻身下馬，卻被守衛在門口的四個漢軍士卒給擋住了。

高飛有急事找涼州刺史，沒那麼多功夫去理會這些看門的人，當下大聲叫道：「都他娘的給我閃開，老子是都鄉侯高飛！」

看門的人一聽高飛的名字，便不再阻攔，並且賠禮道歉，低頭哈腰的。

高飛也不理會他們，徑直走進了刺史府。剛到大廳，便見一人身穿鎧甲，頭戴銅盔從大廳裡走了出來，身後跟著幾員同樣戴盔穿甲的部將。兩下一照面，那人便喝問道：

「你是何人？居然敢擅闖刺史府？」

高飛進門的時候閒通報太麻煩，便徑直走了進來，而且上次他經過冀城的時候，並沒有驚動任何人，更沒有和涼州刺史見過，自然相互不認識，加上高飛一身血衣，更加引得那人背後的部將緊緊地握住了手中的佩劍。

他當即朗聲道：「我是都鄉侯高飛，要見刺史大人！」

「都鄉侯高飛？」

那人打量了一下高飛，打起一個手勢，示意背後部將不要亂動，道：「原來是高侯爺，我就是**涼州刺史左昌**，你的事情我都聽說了，你做得很好，既然你已經安全歸來，就下去歇息吧，我還要帶兵去救護羌校尉，恕不奉陪！」

「護羌校尉？護羌校尉的兵馬不是被全殲了嗎？刺史大人是從何處收到的消息？」高飛見左昌要走，便急忙攔住了他的去路，大聲地問道。

「大膽！你一個小小的都鄉侯居然敢攔我的去路？要不是看在你斬殺黃巾有功的份上，我定要治你個大不敬之罪！這裡是涼州刺史府，不是你的陳倉侯爺府，還不快給我閃開！」

左昌怒火中燒，氣焰囂張，想自己一個涼州刺史居然會遭到一個小小的都鄉侯阻攔，加上他救人心切，便大聲地吼叫道。

高飛聽這話音，好像他這個都鄉侯在這個左昌的眼裡根本是一文不值，他閃到一邊，沒有再繼續阻攔，聯想到左昌的名字，又想起一個月前拿了他的錢，沒有幫他辦事的左豐，心中嘀咕道：「媽的，又是一個姓左的，難道左昌是左豐的親戚？」

左昌帶著部將剛走出刺史府大門，便兩個人擋住了去路，苦苦哀求左昌不要出兵。但是左昌根本不聽從勸解，怒斥了兩人一聲之後，便帶著部將離開了。

高飛看到這一幕，重重地嘆了口氣，一邊朝刺史府外面走去，一邊自言自語地道：「涼州休矣！」

他的聲音不算大，可是說者無意，聽者有心，刺史府門外的兩個人同時扭轉了身體，用一種異樣的目光看著滿身鮮血的高飛。

那兩個人一個穿著一襲墨色長袍，另一個則是一身勁裝，看上去有種一文一武的味道。

等到高飛走到了門邊，那兩個人便一起擋住了高飛的去路，同時拱手道：「這位壯士，不知道尊姓大名？」

高飛見那長袍者面相和善，眉清目秀的，年紀約在三十五歲左右，而那勁裝之人則身材健壯，年紀稍微比長袍者小幾歲，也在三十歲左右，濃眉大眼，看上去極有威嚴，便還禮道：「在下高飛。」

那兩個人聽了，都露出驚詫的表情，齊聲道：「你就是高飛？都鄉侯高飛？」

高飛抱拳道：「行不更名坐不改姓，正是在下！」

兩人對視了一眼，一起向高飛拜道：「參見侯爺，我們等候侯爺多時了！」

高飛問道：「等我？你們是……」

長袍者當先說道：「在下**傅燮**，字南容，北地靈州人，現任漢陽郡太守。這位是……」

那著勁裝之人不等傅燮說完，便抱拳打斷了傅燮的話，急忙道：「在下**蓋勳**，字元固，敦煌廣至人，現任漢陽長史。」

傅燮、蓋勳都是東漢末年的名臣，都是有功於西陲的大漢良臣，高飛曾經在《後漢書》上看到過這兩位的事蹟。

聽兩人自報姓名，高飛拱起手，客氣地回道：「原來是傅太守、蓋長史，兩位大人的大名如雷貫耳。只是不知道兩位大人在此等我有何要事？」

傅燮環視左右，道：「此地不是說話之地，請侯爺隨我來！」

高飛跟隨傅燮和蓋勳走了一段路後，來到太守府，入府。到了大廳，傅燮、蓋勳讓高飛坐在上坐，二人屈尊於下座。

高飛也不客氣，既然二人都是西北人，想來性格豪爽，坐定後，便開口問道：「在下和二位大人初次見面，不知道二位大人有何見教？」

傅燮道：「侯爺的大名已在涼州傳遍了，我也不說什麼客套話，就直接開門見山的說了。如今刺史大人不聽我二人苦勸，執意要帶著一萬五千人去榆中解救護羌校尉，我二人知道刺史大人有去無回，但也無可奈何。刺史大人一走，城中尚餘下五千兵馬，我等二人知侯爺利用妙計平定了河北黃巾，想請侯爺為我二人謀劃一番，不知道侯爺可願意否？」

高飛想了想，道：「羌胡叛軍驍勇善戰，而且均是弓馬嫻熟之人，非黃巾賊所能比擬，加上羌胡對我大漢並沒有什麼向心力，只怕很難用計平定。」

蓋勳接話道：「侯爺的意思是……只能靠打仗了？」

高飛點了點頭，腦海中閃過一個念頭，急忙問道：「二位大人，不知道涼州到底有我大漢多少兵馬？」

蓋勳答道：「五萬！護羌校尉、西域戊己校尉各執掌一萬兵馬，刺史大人手下掌管兩萬兵馬，其餘一萬分散在涼州各郡守那裡。漢陽郡因為有刺史大人駐守，所以太守府並沒有可以調遣的兵馬。」

高飛搖搖頭道：「護羌校尉早已經全軍覆沒，各郡守的兵馬太過分散，形同虛設，西域戊己校尉那裡路途遙遠，就更指望不上了。如今能指望的就只有刺史大人的這兩萬兵馬了，可刺史大人他還……哎！涼州休矣！對了，難道刺史大人不知道護羌校尉已經全軍覆沒了嗎？」

傅燮道：「侯爺有所不知，護羌校尉是刺史大人的侄子，今天來了一個人，說護羌校尉和被圍在了榆中，刺史大人救人心切，當即調集了一萬五千人馬便要去救援，我知道後便極力勸解，可是刺史大人卻不聽。我連忙又去喊來了蓋大人，希望能夠一起勸解，可惜情況還是一樣。」

「冒昧的問一下，這個左昌和黃門侍郎左豐有什麼關係？」

高飛想弄清楚兩人之間的關係，如果不是左豐的親戚，自己就再去勸解個試試，如果是的話，他就不再勸解了，然後帶著部隊回陳倉駐守，積極準備防守事宜。

蓋勳道：「刺史大人和左豐是同宗兄弟，他能當上涼州刺史，左豐沒少幫忙。」

「媽的！果然是親戚，老子回陳倉去！」高飛心裡暗道。

「侯爺，我聽說北宮伯玉領著一撥叛軍已經攻克了隴西，隴西離這裡很近，萬一北宮伯玉帶兵攻來，我們二人自認為沒有什麼太大的能力，我想請侯爺代為指揮這五千兵馬，抵禦北宮伯玉，不知道侯爺意下如何？」傅燮道。

高飛搖搖頭道：「冀城雖大，卻無險可守，就算擋得住北宮伯玉帶領的人馬，也絕對擋不住十幾萬的羌胡叛軍。以我之見，**暫時放棄冀城，退守陳倉**，陳倉地勢險要，如果有這五千兵馬的話，我絕對有把握守住陳倉要道。**守住了陳倉就等於守住了三輔**，即使涼州全境全部陷入叛軍之手，只要三輔無礙，朝廷方面再派大軍前來圍剿，必然能夠進行一番反撲。不知道兩位大人意下如何？」

蓋勳一拍大腿，道：「就這樣辦，不是我們想拋棄涼州，而是形勢所迫，刺史大人不顧全大局死不足惜。太守大人，你的意思呢？」

請續看《三國奇變》第二卷 奇謀無雙

三國奇變【戰略篇】卷1 大浪淘沙

作者：水的龍翔
發行人：陳曉林
出版所：風雲時代出版股份有限公司
地址：10576台北市民生東路五段178號7樓之3
電話：(02) 2756-0949
傳真：(02) 2765-3799
執行主編：朱墨菲
美術設計：吳宗潔
行銷企劃：林安莉
業務總監：張瑋鳳

初版日期：2021年10月
版權授權：蔡雷平
ISBN：978-986-5589-26-4

風雲書網：http://www.eastbooks.com.tw
官方部落格：http://eastbooks.pixnet.net/blog
Facebook：http://www.facebook.com/h7560949
E-mail：h7560949@ms15.hinet.net
劃撥帳號：12043291
戶名：風雲時代出版股份有限公司

風雲發行所：33373桃園市龜山區公西村2鄰復興街304巷96號
電話：(03) 318-1378
傳真：(03) 318-1378
法律顧問：永然法律事務所 李永然律師
北辰著作權事務所 蕭雄淋律師

行政院新聞局局版台業字第3595號 營利事業統一編號22759935

定價：290元

國家圖書館出版品預行編目資料

三國奇變 / 水的龍翔著. -- 初版. -- 臺北市：風雲時代出版股份有限公司, 2021.04- 冊； 公分

ISBN 978-986-5589-26-4（第1冊：平裝）--

857.75 110003326